KB097749

글·그림

카렐 차페크Karel Čapek(1890~1938)
프란츠 카프카, 밀란 쿤데라와 함께 체코 문학을 대표하는
세계적인 작가. 극작가, 소설가, 수필가, 비평가, 저널리스트
등으로 다양한 활동을 펼쳤으며, '로봇'이라는 말을
탄생시킨 희곡 「R.U.R: 로숨의 유니버설 로봇」으로 유명하다.
사회 활동에도 적극적이었던 그는 파시즘에 저항하고 체코의
민주 정부 수립을 위한 운동에 열성적으로 참여했다. SF와
풍자, 미스터리, 환상적 요소로 자기만의 독창적인 작품 세계를
구축하며 과학 문명의 발전이 초래할 인류의 암울한 미래,
인간 존재에 대한 근본적 성찰, 전체주의에 대한 극렬한
비판을 보여 준 그는 1932년부터 1938년까지 노벨 문학상
후보로 거명되기도 했다. 대표작으로는 SF소설이자 풍자소설
『도롱뇽과의 전쟁』, 철학소설 3부작 『호르두발』과 『유성』,
『평범한 인생』, 희곡 「곤충 극장」, 「마크로풀로스의 비밀」,
에세이 『정원가의 열두 달』 등이 있다.

요세프 차페크Josef Čapek(1887~1945)
체코의 작가이자 화가, 삽화가, 사진가. 카렐 차페크의 형으로
둘이 함께 체코의 일간지 『나로드니 리스티』와 『리도베
노비니』의 편집자를 지냈을 뿐 아니라 희곡 창작과 연극 연출,
삽화 작업 등 평생 동안 다양한 공동 활동을 펼쳤다. 동생과
마찬가지로 파시즘에 저항했던 그는 독일 비밀 국가경찰
게슈타포에 체포되어 나치 집단수용소를 전전하다 티푸스로
사망했다.

옮긴이 신소희
서울대학교 국어국문학과를 졸업하고 출판 편집자 및 번역가로
일해 왔다. 『내가 왜 계속 살아야 합니까』, 『야생의 위로』,
『우먼 디자인』, 『맨 인 스타일』, 『여행에 나이가 어딨어?』,
『첫사랑은 블루』, 『완벽한 커피 한 잔』, 『밴 라이프』, 『사랑은
오프비트』, 『피너츠 완전판』 등을 번역했다.

개와 고양이를 키웁니다

# 개와 고양이를 키웁니다

체코 대표작가의 반려동물 에세이

카렐 차페크 지음

신소희 옮김

본문의 각주는 모두 옮긴이의 것이다.

## 옮긴이의 말

## 동물과 함께하는 삶

### 1. 차페크 형제의 삶에 관하여 ①

체코 문학을 대표하는 작가 카렐 차페크는 1890년 오스트리아-헝가리제국 보헤미아 지역의 방직공장 의사였던 아버지와 구전설화를 수집하던 어머니 사이에서 태어났다. 형인 요세프 차페크보다 3년 뒤였다.

평생 전체주의와 파시즘에 저항했던 카렐은 고등학생 때 교내에서 반제국주의 무정부주의자 모임을 만들었다는 이유로 쫓겨나 이 도시 저 도시로 전학을 다니다, 프라하에서 미술학교에 다니고 있던 요세프와 합류한다. 이후로 두 사람은 유럽 여행과 유학, 희곡 창작과 연극 연출, 신문과 잡지 편집에 이르기까지 평생 동안 다양한 공동 활동을 펼치는데, 1920년대 중반부터는 나란히 붙은 쌍둥이 연립주택을 지어 서로의 배우자와 함께 살기 시작한다.

카렐은 '로봇'이라는 말을 탄생시킨 것으로 유명한 SF 희곡 「R.U.R」(1920), SF소설이자 풍자소설 『도롱뇽과의 전쟁』(1936), 1년 동안의 정원 가꾸기를 그린 에세이 『정원가의 열두 달』(1929) 등 다양한 분야의 글을 썼지만, 그의 생계 수단이자 주력 분야는 저널리즘이었다. 1917년 『나로드니 리스티』Národní listy의 편집자로 경력을 시작한 그는 1921년 요세프와 함께 『리도베 노비니』Lidové noviny로 직장을 옮긴다. 체코슬로바키아의 초대 대통령 토마시 마사리크에게 비판적이었던 신문사 측과 정견이 맞지 않았기 때문이다.

## 2. 체코슬로바키아 제1공화국에 관하여

체코슬로바키아의 전신인 보헤미아왕국은 수백 년 동안 오스트리아–헝가리제국의 영토였다. 제국 내에서도 가장 근대적이고 산업화되었던 이 지역은 1차대전이 끝난 1918년에 모라비아, 슬로바키아, 실레시아 등을 통합한 공화국으로 독립했다. 이는 19세기 낭만주의 시대부터 언어와 문화 부흥, 민주적 자치권을 요구해 온 체코 민족주의 운동의 결실이었다. 그중에서도 제1 공화국의 초대 대통령이 된 마사리크는 이미 1889년에 정당을 세우고 1차대전 내내 슬로바키아와 연합해 독립을 추진해 온 인물이었다.

체코슬로바키아는 체코인 51퍼센트, 슬로바키아인 16퍼센트, 독일인 22퍼센트 등으로 구성된 다민족국가였다. 공화국 정부는 체코인과 그 외의 민족을 차별하지 않겠다고 공식 선언했으나 소수민족은 처음부터 꾸준히 불만의 목소리를 냈으며, 특히 독일어권인 수데테란트 지역이 대표적이었다. 양차 대전 사이 공산주의와 나치즘이 세력을 넓혀 가면서 갈등은 더더욱 악화되었다. 1933년에 이르자 중부유럽과 동유럽에서 민주주의국가는 체코슬로바키아만 남은 상태였다.

1935년 마사리크가 퇴임한 후 막역한 동지였던 에드바르트 베네시가 2대 대통령으로 취임한다. 베네시는 수데테란트를 병합하려는 나치 독일의 시도에 꾸준히 반대 입장을 표명했지만, 1938년 영국과 프랑스가 뮌헨협정에 서명하면서 수데테란트는 독일에 즉각 병합되었다. 독일의 압력으로 대통령직을 사임한 베네시는 런던으로 망명했다.


### 3. 차페크 형제의 삶에 관하여 ②

젊은 시절부터 마사리크의 측근이었던 카렐에게 뮌헨 협정과 제1공화국의 종말은 큰 충격이었다. 그럼에도 그는 이 상황에서 다른 선택은 불가능했으며 누구의 잘 못인지 따지는 건 무의미하다고 정부를 변호하려 했다. 하지만 많은 사람이 제1공화국의 대표적 옹호자인 그에게 원망을 돌렸고, 익명의 비난 편지와 전화가 쏟아졌을 뿐만 아니라 자택 창문이 깨지기도 했다. 이 같은 국가적·정치적 위기 상황에서도 대표작이 널리 번역 출간되면서 작가로서 카렐의 명성은 점점 더 높아졌고, 그는 1932년에서 1938년까지 연이어 노벨 문학상 후보로 거명되며 명실공히 체코공화국 최초의 '국민 작가'로 떠올랐다. 나치 독일의 비밀 국가경찰 게슈타포가 그를 '공공의 적'으로 꼽았다는 소문이 있었고 영국에서 망명 제안도 있었지만 그는 끝까지 고국을 떠나길 거부했다.

카렐은 1938년 크리스마스에 감기 합병증인 폐부종으로 사망했고, 겨우 몇 달 뒤 나치 독일이 보헤미아 지역을 점령했다. 게슈타포에 체포된 요세프는 다하우, 부헨발트, 베르겐벨젠 등의 나치 집단수용소를 전전하다 1945년에 티푸스로 사망한다. 요세프는 고된 수용소 생활 중에도 그림 워크숍, 영어와 스페인어 시 번역, 시 창작과 연필 스케치 등 다양한 활동을 펼쳤다고 전해지지만, 그가 죽은 정확한 날짜와 무덤 위치는 지금까지 수수께끼로 남아 있다.

## 4.『개와 고양이를 키웁니다』에 관하여

카렐 사후인 1939년에 출간된『개와 고양이를 키웁니다』는 평생 개와 고양이를 키운 체험에서 나온 글 그리고 그와 요세프의 삽화를 모은 책이다. 수록된 에세이는 100여 년 전 프라하라는 대도시에서 개와 고양이와 함께하는 생활이 어떠했는지 생생히 보여 준다. 개와 고양이의 온갖 말썽, 그에 따른 인간의 노심초사, 그럼에도 사랑스럽기 그지없는 존재에 대한 푸념과 애정 표현은 지금의 애견인과 애묘인이 보기에도 충분히 공감할 만하다.

그러나 지금의 시각에서 보면 개와 고양이가 반려동물이 아니라 '애완동물'이었던 시대의 한계도 느껴진다. 어미의 번식을 방치하고 태어난 새끼를 '처리'하는 것으로 개체를 조절하는 양육자의 행동은 당시엔 반려동물의 중성화는커녕 인간에게도 효과적인 피임법이 존재하지 않았으며 따라서 영아 살해가 빈번했다는 사실을 실감하게 한다. 생각해 보면 당연한 일인데, 차페크 형제가 묘사한 개와 고양이의 모습은 너무도 '현재적'(정확히는 시대 초월적)이라 읽는 사람을 문득 헷갈리게 만든다.

또한 종종 나타나는 품종에 대한 선망은 심지어 카렐 차페크처럼 나치즘과 제국주의에 맹렬히 저항했던 인물도 당대를 풍미한 우생학 열풍에서 자유롭지 못했음을 보여 준다. 우리에게 익숙한 견종 대부분이 진화론과 우생학에 힘입어 19세기 후반에서 20세기 전반에 생겨났다는 점(이 책에서 유행하는 '현대적' 견종으로 꼽은 도베르만은 1900년 정식 품종으로 공인받고 1차대전 당시 군견으로 활약하며 유명해졌다), 오랫동안 외세에 지배받다 독립한 국민으로서 고유한 견종을 육성해야 한다는 작가의 주장에서 비치는 민족주의와 우생학의 미묘한 교차점도 여러 복잡한 생각거리를 안겨 준다.

　한편으로 과연 지금은 당시와 전혀 달라졌다고 할 수 있는지 의문이 들기도 한다. 반려동물의 마구잡이 번식과 유기가 문제라는 인식은 보편화되었을지언정 여전히 품종견과 품종묘 고가 분양, SNS를 통한 자랑, 그러다 몇 년 뒤 유행이 지나면 유기되는 세태가 암암리에 남아 있는 것이 사실이기 때문이다. 동물권 보호 운동가든 그저 귀엽고 멋진 품종을 선망하는 사람이든, 지금의 다양한 독자가 이 책을 읽고 당대와 현재의 반려동물 문화에 대해 생각해 볼 수 있었으면 좋겠다.

　하지만 역시 이 책의 가장 큰 매력이자 중요한 점은 이런 복잡한 생각조차 뚫고 빛나는 차페크 형제의 시대를 초월한 관찰력과 표현력이다. 사소한 에피소드 하나하나, 움직임을 묘사하는 단어 하나하나, 생생한 스케치의 선 하나하나에서 인류의 역사를 함께할 운명인 두 동물에 대한 애정이 반짝인다. 이 책에 담긴 글과 그림을 통해 더 많은 사람이 지금 우리 곁의 다셴카, 민다, 이리스, 푸들렌카를 알아보고 사랑하게 된다면 아무리 그때와 지금 세상이 달라졌다 해도 결국 작가들이 바랐던 바가 이루어지는 것이 아닐까 싶다.

2020년 12월
신소희

* 표시된 꼭지는 카렐 차페크가, 나머지 꼭지는 요세프 차페크가 삽화를 그렸다.

민다 혹은 개를 키운다는 것

인간이 개를 키우는 이유는 다음과 같다.


1. 세속적 허영심 때문에

2. 집을 지키기 위해

3. 혼자 있기 싫어서

4. 그냥 개가 좋아서

5. 마지막으로, 기력이 남아도는 탓에 개를 길들여 주인 노릇을 하고 싶어서


내 경우 개를 키운 이유는 대체로 기력이 남아돌아

서였다. 이 세상에 나를 무조건 따르는 생물이 존재한다면 좋을 것 같았다. 요컨대 그래서 어느 날 아침 한 남자가 우리 집 초인종을 누르게 되었다는 얘기다. 그가 목줄을 매어 끌고 온 불그스레하고 털이 덥수룩한 생물은 절대 우리 집 현관에 들어서지 않기로 단단히 결심한 게 분명했다. 남자의 말에 따르면 에어데일테리어라고 했다. 남자는 그 지저분한 털북숭이를 두 팔로 번쩍 들어 문간에 들여놓고 말했다. "민다, 들어가!" (에어데일테리어 족보에 따르면 그 개는 더 순종다운 진짜 이름이 있었지만, 뭔가 알 수 없는 이유로 간단히 민다라고 불렸다.) 그 순간 털북숭이는 숨겨져 있던 길쭉한 네 다리를 드러내더니 놀랍도록 빠르게 움직여 식탁 아래로 자취를 감추었다. 식탁 아래에서 뭔가 웅크린 채 벌벌 떠는 기척이 느껴졌다. "아주 훌륭한 품종입니다, 선생님. 그렇고말고요." 남자는 전문가다운 태도로 말하더니 나와 개를 운명의 손길에 맡겨 놓고 순식간에 그 자리를 떠나 버렸다.

나는 그때까지 개를 식탁 아래에서 끌어내는 방법에 관해 생각해 본 적이 없었지만, 그냥 바닥에 주저앉아 잘 타이르면 될 것 같았다. 나는 지적 논거와 감정적

논거를 고루 활용했다. 관대한 어조와 권위적인 어조를 써 보았다. 각설탕을 뇌물로 제시하며 빌어도 보고, 심지어 강아지 흉내를 내며 밖으로 유인하려고도 해 보았다. 이 모든 시도가 실패하자 나는 식탁 아래로 쑥 들어가 민다의 네 다리를 잡고 환한 곳으로 끌어냈다. 민다에게는 잔혹하고 갑작스러운 폭력 행위였다. 마침내 똑바로 일어선 민다는 망신당해 분노한 아가씨처럼 파르르 떨더니, 앞으로도 계속 사용할 비난의 표현으로 바닥에 작은 물웅덩이를 만들었다.

그날 저녁 민다는 이미 내 침대에 드러누워 즐겁고 느긋한 눈빛으로 날 곁눈질했다. '인간은 침대 아래에서 자든가. 내 알 바 아니야!'

다음날 아침 일어나 보니 놀랍지 않게도 민다는 창밖으로 달아나 버린 터였다. 다행히 도로 인부가 민다를 붙잡아 데려왔다.


나는 민다가 볼일을 볼 수 있도록 목줄을 매어 밖에 데리고 나갔다. 순종 개를 키우는 데서 오는 세속적 허영심을 느끼면서.

"저기 보렴." 어느 어머니가 자기 아이에게 말하는

소리가 들렸다. "멍멍이가 있네!"

나는 살짝 모욕당한 기색을 띠며 돌아서서 말했다. "에어데일테리어입니다."

하지만 가장 짜증을 돋우는 건 이렇게 말하는 사람들이었다. "멋진 그레이하운드네요. 근데 왜 이렇게 털이 많죠?"

민다는 어디든 자기가 가고 싶은 데로 나를 끌고 갔다. 힘이 엄청난 데다 취향도 지극히 독특한 녀석이었다. 민다는 나를 끌고 쓰레기 더미를 넘어 교외의 폐기장까지 가곤 했다. 길을 가던 선량한 퇴직자 양반들이 서로의 다리에 둘둘 감긴 목줄 양 끝에서 씨름하는 우리를 보고 비난하는 어조로 물었다. "개를 왜 그리 세게 잡아당기는 거요?"

"그냥 운동을 시키는 중입니다." 내가 얼른 대꾸하는 사이 민다는 또 다른 쓰레기 더미를 향해 나를 끌고 갔다.

지키고 보호하는 것에 대해 말하자면 그리 틀린 얘기는 아니다. 개를 데려오면 정말로 그 녀석을 '지켜봐야' 하니까. 바짝 경계하며 개를 한 걸음 한 걸음 따라

다니고, 좀처럼 개와 떨어지지 않고, 누구든 개를 위협하면 몸을 내던져 싸운다. 따라서 자신의 개를 지키고 보호하는 인간은 고대부터 경계심과 충성심을 상징하는 존재였다. 개와 같이 살게 된 이후로 나는 밤에도 눈을 반쯤 뜬 채로 잤다. 누군가 민다를 데리고 달아나지 않나 지켜봐야 하니까. 민다가 산책을 나가고 싶은 기색이면 나는 바로 자리에서 일어난다. 민다가 자고 싶은 것 같으면 앉아서 글을 쓴다. 아주 작은 소리도 놓치지 않게 귀를 쫑긋 세운 채로 말이다. 낯선 개가 민다에게 접근하면 나는 등을 곤두세우고 이를 드러내며 살벌하게 으르렁거린다. 그러면 민다는 날 돌아보고 뭉툭한 꼬리를 흔들며 온몸으로 분명하게 말한다. '당신이 날 돌봐 주려고 여기 있다는 걸 알아.'

인간이 혼자 있기 싫어서 개를 기른다는 얘기도 나름대로 타당성이 있다. 개는 정말로 혼자 있는 걸 싫어한다. 내가 딱 한 번 민다를 복도에 혼자 남겨둔 적이 있는데, 민다는 저항의 표시로 눈에 보이는 모든 걸 삼켜 버렸고 이후로 한동안 몸이 좋지 않았다. 또 한 번은 지하실에 가둬 두었는데, 민다는 문을 물어뜯어 구멍을 내고 빠져나왔다. 그 뒤로 민다는 단 한순간도 혼자 있었던 적이 없다. 내가 글을 쓰고 있으면 민다는 같이 놀아 달라고 조른다. 내가 누우면 내 가슴 위에 드러누워 내 코를 깨물어도 된다는 의미로 받아들인다. 정확히 자정마다 나는 민다와 승부를 겨뤄야 한다. 우리는 요란하게 서로 쫓아다니고 깨물다 결국 바닥에 나뒹군다. 민다가 지치고 숨이 차서 벌렁 드러누워 버리면 그제야 나도 침대에 가서 누울 수 있다. 물론 민다가 외롭지 않도록 침실 문을 빼꼼히 열어 놓는다는 조건하에 말이다.

이 자리에서 엄숙하게 선언하건대, 개를 키운다는 것은 즐거움이자 사치인 만큼 진정 고귀하고 고상한 일이기도 하다. 내 경험에 따르면 개에게 목줄을 채우고 첫 산책을 나오는 순간 여러분은 개 키우기가 야외 스포츠라는 사실을 깨닫게 될 것이다. 개 주인은 수백 미터 장애물경주, 단거리 질주, 크로스컨트리, 방향 전환과 온갖 점프를 거쳐 마침내 개를 따라잡는 것으로 결승선에 이른다. 그러고 나면 목줄을 끊어 먹은 개를 품에 안고 집까지 돌아가는 더욱 힘겨운 스포츠가 이어진

다. 제멋대로 움직이는 무거운 개를 들고 있는 건 단순히 무거운 물건을 들어올리는 일과는 또 다르다. 이는 매우 격렬하고도 까다로운 운동이다. 어떤 순간엔 민다가 최소 45킬로그램은 나가는 것처럼 느껴지는가 하면 다음 순간엔 다리가 열여섯 개쯤 되는 것처럼 느껴진다. 목줄이 멀쩡할 때면 개를 끌고 다니는 연습을 할 수 있다. 왼손으로, 오른손으로, 때로는 양손으로 밀고 당기고, 줄다리기를 하고, 산처럼 쌓인 자갈 무더기를 오르내리고, 종종걸음을 치거나 달린다. 어떤 형태의 스포츠인지가 아주 중요하다. 이 모든 신체 활동을 나 자신의 의지로 수행하는 것처럼 보여야 하니 말이다.

개 산책의 목적 혹은 전제는 배변 욕구를 충족시킨다는 것이다. 민다의 특이한, 거의 소녀다운 섬세함은 나를 깜짝 놀라게 했다. 민다는 가능한 한 밖에서 배변을 하지 않고 최대한 꾹 참곤 했다. 자신의 취약함을 드러내는 게 부끄러운 모양이었다. 민다는 말하자면 영국적인 신중함이 있었다. '집에서 요리한 음식은 집에서 먹어 치워야 하는 법이다.' 우리 인간이 자신의 이런 면모를 좀처럼 이해하지 못하는 게 민다는 상당히 의아한

듯했다.

　그리하여 나는 며칠 만에 개를 키우는 일이 앞서 언
급한 욕구들을 충족시킨다는 사실을 깨달았다. 그중 단
한 가지, 개의 주인이 되고 싶었던 나의 욕구만 제외하
고. 내가 보기엔 오히려 민다가 나의 주인이 되어 가는
것 같았다. 나는 가끔 민다에게 이런 사실을 대놓고 불
평했지만 민다는 내 말을 이해하고 싶지 않은 모양이었
다. 내가 민다는 폭군, 골칫거리, 변덕꾸러기, 고집쟁이,

구제 불능이며 인내심과 선의를 시험하는 존재라고 분명히 표현하는 동안, 민다는 뻔뻔하게 내 눈을 들여다보며 뭉툭한 꼬리를 흔들다 북슬북슬한 분홍빛 주둥이를 벌려 소리 없이 웃고는 나더러 쓰다듬어 달라는 듯 털투성이 대가리를 들이밀 뿐이었으니까. 뭐냐, 앞발도 내 무릎에 올려놓겠다고? 그래, 그래, 민다. 우리 못난이 강아지. 이 기사만 좀 끝내자꾸나. 그러니까……

알았다, 민다. 기사는 내일 끝내지 뭐.


모든 개에게는 특유의 습관이 있다. (1) 개라는 생물의 일반적인 습관, (2) 견종에 따른 독특한 습관.

개의 일반적인 습관에는 진정한 개라면 드러눕기 전에 그 자리를 세 번 빙빙 돈다든지 머리를 쓰다듬어주면 입술을 핥는다든지 하는 것이 있다(하지만 정말인지 확인하겠다고 낯선 개의 머리를 쓰다듬지는 말자). 그런가 하면 닥스훈트(흔히 '발디'Waldi라고 불린다), 포메라니안, 테리어, 와이어헤어드테리어☞① 등 견종마다 다양한 습관도 있다. 우리 에어데일테리어 민다는 아주 독특하고도 거부할 수 없는 습관이 있었다. 민다는 내가 소파에 드러눕기만 하면 뛰어올라 내 가슴에

---

☞① 털이 굵고 거친 테리어의 일종.

앞발을 올린 채 내 눈이나 코를 핥으려 했고, 아무리 간청하거나 꾸짖어도 꼼짝 않고 그 자세를 유지했다. 민다가 왜 그러는지, 대체 뭘 원하는 건지 나는 이해할 수 없었다. 한참 뒤에 개 사육에 관한 안내서를 구해 읽다 이런 구절과 마주치기 전까지는. "에어데일테리어는 워하운드War Hound라고도 불리며 전시에 부상병을 찾아내는 일을 했다." 그 옆에는 민다가, 아니 에어데일테리어가 총탄 세례에도 굴하지 않고 부상병의 가슴에 앞발을 올린 채 짖는 그림이 그려져 있었다. 나는 그제야 민다가 나를 상대로 전장에서의 본능을 드러낸 것이라는

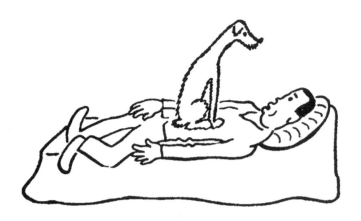

사실을 깨달았다. 주변에서 부상병을 찾지 못한 민다는
그 대신 소파에서 신문을 읽는 내 가슴에 올라갔던 것
이다. 정치 상황의 막중함이나 신문에 실린 격렬한 광
고 캠페인 따위에는 전혀 관심도 없으면서. 우리 씩씩

한 군견! 착한 사마리아의 개!☞① 우리 함께 어디로든 떠나야 하는 게 아닐까? 중국이든 니카라과든, 네가 진짜 부상병을 찾을 수 있는 곳으로. 아니면 내가 브르쇼비체☞②에, 무신론자에게 혹은 경찰과 상원의원 클럽에 전쟁을 선포해야 할까? 적들이여, 단언컨대 이건 장난이 아니다! 난 당신들을 혼쭐내 줄 거고, 민다가 총을 맞고 난도질당한 채 전장에 쓰러진 당신들을 찾아내 가슴에 앞발을 얹고 서 있게 할 것이다. 민다의 본능이 그렇게 하라고 시키니까.

가장 뛰어난 이성적 사고를 가진 피조물조차 각자 나름의 변덕과 편견이 있기 마련이다. 아르네 노바크☞③는 세상 무엇을 주더라도 전화기는 건드리지 않겠다고 말한다. 페르디난트 페로우트카☞④는 운율에, 프란티셰크 랑게르☞⑤는 신비주의에 원초적인 혐오감을 느낀다고 한다. 나이프로 접시를 긁는 소리를 못 견디는 사람이 있는가 하면 현대음악을 못 견디는 사람도 있다. 하스코바☞⑥는 카렐 후고 힐라르☞⑦가 딱 질색

---

☞① 다른 사람들이 돕지 않았던 부상자를 구조해 살려 낸 성서의 사마리아인 이야기에서 나온 관용 표현.
☞② 체코 수도 프라하의 행정구역 가운데 하나.
☞③ 체코슬로바키아의 브르노대학 총장을 역임한 체코 문학 연구자.
☞④ 체코슬로바키아의 유명 정치사상가·언론인.
☞⑤ 체코슬로바키아의 소설가·극작가.

이라고 하며, 내가 아는 한 여성은 죽어도 소 가까이에는 가지 않겠다고 말한다. 민다의 경우 오토바이에 이유 모를 격렬한 공포심을 드러내곤 했다. 그 밖의 다른 소리는 대놓고 불쾌한 표정을 지으면서도 꾹 참고 견뎠지만, 오토바이 시동을 거는 소리만 들렸다 하면 마치 악마를 만난 성당지기처럼 정신없이 날뛰었다. 우리 강아지는 현대적 취향과 거리가 멀었고, 살과 뼈도 없이 번개처럼 움직이며 먹을 수도 없는 역한 물질의 냄새를 풍기는 그 저주받은 기계를 혐오했다. 만약 민다에게 개 나름의 종교 같은 것이 있었다면 그 종교의 사탄은 오토바이였으리라. 누구나 마음속에 털이나 살갗으로 감싸이지 않은 연약한 부분이 있기 마련이다. 속이 그대로 드러나 끔찍하게 취약한 그 부분을 우리는 세상으로부터 숨기고 싶어 한다. 그렇게 보면 매일 누군가 혹은 무언가가 민다의 그 지긋지긋하고 영원한 약점을 자극하는 셈이었다. 날마다 오토바이 한 대가 먹잇감이라도 찾듯 길모퉁이를 돌아서 나타나니까. 민다, 어서 빨리 소파 아래 숨어 눈을 꼭 감으려무나. 칠흑 같은 그늘 속에서 온몸을 바들바들 떨며 저 끔찍한 것이 지나가기를 기다리렴. 어느새 사방이 조용해지고, 평소처럼 펜

---

☞⑥ 체코슬로바키아의 언론인.
☞⑦ 체코 국립극장의 유명 연출가.

이 종이를 긁는 소리만 들린다. 그러다 보면 민다가 민망한 웃음을 지으며 슬며시 구석에서 기어 나와 꼬리를 살살 흔든다. 약점을 드러낸 것이 창피한 모양이다. '뭐, 딱히 이유가 있어서 그랬던 건 아냐…… 별일 아니라고. 내 머리나 쓰다듬어 줘, 인간.'

앉아서 내 말을 들으렴, 민다. 여기 네가 지킬 삼계명이 있단다.

1. 주인에게 복종하라.
2. 집과 계단의 청결을 유지하라.
3. 주인이 주는 것을 먹으라.

이 계명은 신이 직접 개에게 내린 것이란다. 그 덕분에 개는 다른 동물과 달리 벌판으로 추방당하지 않았던 거야. 이 계명에 따르지 않는 개는 누구든 저주를 받아 어두운 바깥으로 쫓겨날 거야. 소파도 없고, 오토바이를 탄 악마가 하루 종일 죄 많은 개의 영혼을 쫓아다니는 곳으로 말이야.

이러한 대죄 외에 비교적 사소한 죄악도 있단다.

다음과 같은 것이지.

주인의 멜빵을 찢어발기는 것.
진흙 묻은 발로 주인의 몸에 뛰어오르는 것.
주인이 글을 쓸 때 짖어 대는 것.
바닥에 음식을 질질 흘리는 것.
길거리로 뛰어나가는 것.
고양이를 쫓아 침대에 뛰어오르는 것.
주인이 먹는 음식에 콧김을 부는 것.

카펫을 찢어 놓는 것.

이런저런 세간을 넘어뜨리는 것.

묵은 뼈다귀를 집 안에 물어다 놓는 것.

주인의 코를 핥는 것.

화단을 파헤치는 것.

주인의 양말을 물고 도망치는 것.

이런 규칙까지 준수한다면 각별히 위엄 있고 존경 받는 개가 될 수 있단다. 그러면 주임 사제나 은행장처

럼 통통하게 살이 찔 수 있지. 헛된 시도와 야망, 방종과 방탕으로 자신을 소진한 사람처럼 말라빠지는 대신에 말이다.

　　하지만 여기에 추가해야 할 불문율이 하나 더 있으니, 바로 '네 주인을 사랑하라'다. 오타카르 브르제지나☞① 같은 위대한 사상가는 개의 충성심이 비굴한 성미를 드러내는 것이라고 얕보기도 했지만, 나는 개의 성미가 비굴할지언정 인간은 차마 상상도 못할 만큼 활기차고 열광적이라는 주장을 하고 싶다. 나는 종을 부려본 적이 없지만 상상컨대 내게 종이 있다면 매우 차분하고 침착하며 발소리가 조용한 자일 것이다. 그는 주인을 보더라도 환성을 지르지 않을 것이며 주인의 손을 깨물지도, 주인을 포옹하거나 덮치려 하지도 않을 것이다. 주인이 편집실에서(혹은 다른 어디에서든) 돌아왔을 때 제멋대로 흥겨워하며 열광해 날뛰지도 않으리라. 개는 인간보다, 아니 그 어떤 동물보다 열렬하게 즐거워하고 괴로워할 수 있는 특별한 능력을 지녔다. 수습사원이 부서장의 목에 매달리거나 주교가 말을 걸어주었다고 주임 사제가 기뻐하며 땅바닥을 뒹굴고 허공

---

☞① 체코슬로바키아의 상징주의 시인·수필가.

에 다리를 내젓는 경우를 나는 상상할 수 없다. 따라서 나는 인간의 주종 관계는 굴욕적이고 음울한 반면 개는 주인에게 강렬하고 무모한 애정을 퍼붓는다고 단언할 수밖에 없다. 개에게는 태초부터 내려온 늑대 무리의 영혼이 아직도 남아 있는 것이 아닐까? 여전히 집단본능이 살아 있는 생물 특유의 강한 붙임성이 말이다. 개의 눈을 들여다보면 마치 이렇게 말하는 것 같다. '인간, 나한테는 이제 당신밖에 없어. 하지만 우리 둘만으로 충분히 멋진 한패 아니야?'

경멸, 정확히 그 단어다. 고양이가 개를 바라보는 시선은 적개심까지는 아니라도 건방진 경멸을 내비친다. '시끄럽고 교양 없는 녀석이로군.' 고양이는 거만하고 냉소적인 우월감으로 개를 대한다. 유아독존 성향의 생물이 집단본능 성향의 생물에게 느끼는 우월감이다. 저 덩치만 크고 지저분하고 떠들썩한 녀석은 혼자 있으면 어린애라도 된 기분인가 봐. 주인이 돌아오기만 하면 몸이 둘로 쪼개질 듯 신나서 덤벼드네. 정말 나약해. 고양이는 눈썹을 치켜올리며 생각한다. 나는 혼자 있어도 전혀 문제없는데 말이야. 그냥 내가 하고 싶은 걸 하

면 되잖아. 무엇보다도 난 저렇게 대놓고 감정을 드러
내지 않거든. 저런 건 교양 없는 짓이니까.

　그러고서 고양이는 몸을 일으켜 보드라운 앞발로
민다의 촉촉하고 번들거리는 코를 몇 번 두드린다.

　민다는 아직도 강아지에 불과하다. 그래서 자신의

고무줄처럼 탄력적인 등뼈를, 길게 뻗은 네 다리를 어떻게 써먹어야 할지 잘 모른다. 이렇게 남아도는 유연함 때문에 민다가 사춘기 소녀처럼 서투르고 어색하게 보일 때도 있다. 하지만 가끔, 특히 달빛 환한 저녁나절에 이웃집 개 아드스토르가 울타리 너머로 쳐다보면 민다도 움직임이 주는 흥분 상태에 빠져들곤 한다. 그럴 때면 민다는 뭔가 황홀한 선율에 이끌린 것처럼 머리를 하늘로 치켜든 채 껑충껑충 뛰고 빙글빙글 돈다. 그 모

습은 희한하게도 달크로즈 유파☞① 의 무용수나 마법에 걸린 요정을 닮았다. 민다는 춤을 추는 것이다.

정원사, 정치가, 집안의 가장을 비롯한 많은 사람이 그렇듯 개 주인 또한 장래를 생각해야 한다. 나는 민다를 키우기 시작했을 때부터 우리 개의 장래를 확실히 계획했다. 우선 모든 친구와 친지에게 혹시 순종 에어데일테리어를 키울 생각이 있는지 물어보고 다녔다. 흠잡을 데 없는 혈통의 털북숭이 강아지라는 말에 처음부터 열네 명 정도가 솔깃해하며 당장 와서 데려가겠다는 의사를 보였다. 우리 강아지가 자라서 새끼를 낳으려면 1년쯤은 걸릴 거라고 말하자, 그들은 날 비웃으며 1년을 기다리라는 말은 아무 의미도 없다고 대꾸했다.

그다음에는 우리 개가 낳을 새끼의 아빠가 될 건실하고 똑똑한 순종 개를 찾느라 동네를 한 바퀴 돌았다. 그리하여 대략 네 마리의 잘생긴 에어데일테리어 수컷을 찾아냈고, 미리 그 녀석들과 친해지려고 노력했다. 심지어 이종교배나 혈연관계 따위를 잠시 공부해 보기도 했지만, 그런 과학적 문제에 대해서는 전문가마다 견해가 엇갈린다는 사실을 깨달았다. 그래서 전문적인

---

☞① 스위스의 음악교육자 에밀 자크달크로즈는 음악의 흐름과 신체 움직임을 연관시켜 음악을 경험하는 방식인 유리드믹스를 창안해 이사도라 덩컨과 마사 그레이엄 등 여러 무용가에게 영향을 미쳤다.

유성생식과 관련해 논쟁의 여지가 있는 문제는 전부 집어치우고, 1년 안에 민다를 근처 노란색 저택의 수컷 에어데일테리어와 짝지어 주기로 마음먹었다. 항상 유쾌한 얼굴로 혀를 쭉 빼물고 있는 녀석이었다. 내가 이런 문제를 고민하는 동안에도 민다는 제 몸을 긁으며 벼룩을 잡고 하품을 하며 꼬리를 흔들 뿐이었다. 새끼를 낳아 어미가 되는 장래 같은 건 전혀 관심 없다는 듯이.

적절한 상대와의 짝짓기는 단언컨대 개의 번식에서 가장 흥미로운 부분이다. 이 문제를 상세하고 학술적으로 다룬 책도 많이 나와 있기 때문에, 조금이라도 이론적 준비를 하려는 생각이 있다면 어느새 품종개량이라는 신비롭고 놀라운 영역에 발을 들여놓게 된다. 자연의 경로를 조종해 더욱 고차원적인 목적을 이루려고 하면 안 되는 이유가 있을까? 슈퍼견의 탄생을 준비해선 안 될 이유가 있을까? 이런 경험을 통해 언젠가 우리 인간의 번식에 도움이 될 지식을 쌓을 수도 있으리라. 무엇보다도 인류의 희망찬 미래에 대한 불신은 우리 인간에 대한 비난이나 마찬가지다. 명심해라, 민다. 위대한 운명이 너를 기다리고 있단다.

여하튼 순종 개를 번식할 생각이고 적당한 암컷도

키우기 시작했다면, 무엇보다 중요한 일은 개가 마음대로 길거리를 돌아다니지 않게 조심하는 것이다. 내가 그랬던 것처럼 아주 세심하게 개를 관리해야 한다. 목줄을 풀어 놓지 말고, 밥을 많이 먹이지 말고, 엉뚱한 것에 관심을 보이면 주의를 돌리게 하고, 잘 가르쳐야 한다. 개를 내 눈동자처럼 애지중지 지켜보는 것, 그게 전부다. 산책을 나가면 마주치는 모든 개가 당신의 개에게 추근거릴 것이다. 때로는 떼를 지어 졸졸 따라와서 지팡이를 휘두르고 위협해 쫓아내야 할지도 모른다. 그러는 동안 당신의 개는 순진하고 사랑스럽고 착한 소녀처럼 그들을 외면한 채 당신 옆에서 종종걸음을 칠 것이다. 저리 가, 이 늙은 색마야! 꺼져, 끔찍한 폭스테리어 놈아! 사라져 버려, 이 느물대는 울프하운드 자식! 거기 가느다란 다리로 휘청거리는 랫테리어 녀석, 경비원이 키우는 붉은 털 똥개 녀석도! 꺼지라니까, 이 무례한 놈! 민다, 정말 뻔뻔한 짐승이지, 안 그러냐? 들어봐, 울타리 안에서 혀를 빼물고 있는 잘생긴 수컷 에어데일테리어 얘길 해줄게. 신처럼 털이 덥수룩하고 태양처럼 불그스름한 데다 등은 까마귀처럼 새까만 녀석이지. 게다가 눈은 꼭 자두처럼 검푸르단다. 비켜, 늙다리

악당아! 민다, 너도 자존심이 있는 아가씨일 테지. 저런 불량배는 무시해 버려야 마땅해. 너도 알다시피 넌 아직 너무 어리잖니. 게다가 저런 길거리 부랑아는 절대 네 짝이 못 돼. 이만 집에 가자.

자, 이제 뭘 해 주면 좋겠니? 머리를 쓰다듬어 줄까? 등을 긁어 줄까? 밖에 나가자고? 뭐, 밥을 달라고? 조심하렴, 민다. 요즘 지나치게 많이 먹잖아. 이것 봐, 벌써 등짝이 쩍 벌어졌잖니. 허리에 군살도 붙었고. 이봐, 가족 여러분, 이 불쌍한 녀석에게 자꾸 밥을 주지 말라고! 몸매가 망가지는 거 안 보여? 움푹 들어간 엉덩이, 홀쭉한 배, 좁다랗고 날씬한 등은 다 어디 간 거야?

에비, 민다, 에비! 그렇게 퍼질러 앉아 있으니까 몸매가 망가지지. 얼른 마당으로 나가, 춤춰, 네 꼬리를 쫓아 빙 빙 돌아, 좀 더 움직여, 운동을 하라고!


어느 날 웬 잘난 척하는 남자가 내게 말을 건넸다. "이봐요, 당신 개가 새끼를 낳겠는데. 저것 보쇼, 배가 거의 땅에 끌릴 지경이잖소."

"그럴 리 없어요." 나는 항의했다. "그냥 살이 찐 거예요. 동물이 얼마나 많이 먹는지 모르는군요. 게다 가 저 녀석은 하루 종일 소파에서 뒹군다고요." 그러 자 남자가 대꾸했다. "그럼 저 젖꼭지는 어떻게 설명할 거요?"

난 그를 대놓고 비웃어 주었다. 말도 안 되는 소리 였다. 민다는 우리 집 마당에서 잠깐 놀 때 말고는 혼자 있었던 적이 없고, 심지어 그러는 동안에도 내가 단단 히 신경을 썼다.


민다, 넌 살찌면 안 돼. 그러면 천식이 생기고 우울 해질 거야. 오늘부터 딱 정해진 양만큼만 밥을 줘야겠 구나.

하지만 얼마 지나지 않아 이웃 사람이 내게 말해 주었다. 자기 눈으로 직접 보았다고. 상대는 멀지 않은 집의 순종 스테이블테리어였다.

나는 죽을 때까지 언제 어떻게 그런 일이 일어났는지 결코 이해하지 못하리라. 하지만 사실은 어쩔 수 없는 사실인 것이다. 이 못되고 생각 없는 개야, 어떻게 영국산 에어데일테리어가 독일 혈통의 테리어와 놀아날 수 있단 말이냐? 몸집이 네 절반밖에 안 되는 그 점박이하고! 이 녀석, 부끄러운 줄 알아! 어떻게 이 와중에도 꼬리를 흔들고 머리를 들이밀 수 있니? 꼴도 보기 싫어! 소파 밑으로 꺼져 버려, 멍청한 고집쟁이 녀석! 한 살도 안 돼서 벌써 그런 짓을 저지르다니! 네 꼴 좀 봐라. 등뼈는 염소처럼 구부정하게 튀어나오고 철퍼덕 주저앉은 꼴이라니. 이젠 몸을 둥글게 말지도 못하고 꼬리를 깔고 앉아 지친 한숨만 푹푹 내쉬는구나. 나더러 도와 달라는 듯 빤히 쳐다보네. 뭐, 기분이 너무 우울하고 이상하다고? 그래그래, 걱정 마라. 자연은 놀라운 거야. 본능을 거스르기란 어렵지. 뭐, 어쨌든 스테이블테리어나 에어데일테리어나 같은 테리어이긴 하지. 둘 다 털이 덥수룩하고 턱수염도 있잖니. 누가 알겠어, 너희

둘 사이에서 흰 에어데일테리어나 등에 까만 얼룩이 있는 붉은색 스테이블테리어가 태어날지. 아예 새로운 품종이 탄생할지도 몰라. 에어테리어나 테리어데일 같은 신품종 말이다. 그래, 이리 오렴, 이 바보야. 내 무릎에 머리를 대고 누우려무나.

그러던 어느 날 아침 민다의 개집에서 낑낑 깽깽 소리가 들려왔다. 민다, 민다, 무슨 일이니? 네 몸 아래서 꼼지락대는 것이 다 뭐냐? 민다는 완전히 진이 빠지고 후회스러운 기색이었다. '미안해, 인간. 내가 새끼를 한 무더기 낳아 버렸네!' 그로부터 24시간 동안은 무슨 수를 써도 민다를 개집에서 끌어낼 수 없었다. 우리한테 보이는 건 민다의 배 아래로 삐져나온 작은 쥐꼬리뿐이었다. 네 마리일까, 아니면 다섯 마리? 민다는 누구에게도 강아지를 세어 보도록 허락하지 않았다. 누가 개집에 손을 넣으면 즉시 발로 쳤고, 목줄을 잡고 질질 끌어내지 않는 한 밖으로 나오지 않을 기세였다.

다음날이 되어서야 민다는 제 발로 개집에서 걸어 나왔다.

강아지는 모두 여덟 마리였고, 하나같이 반드르르한 검은색이었다. 도베르만 혈통이 분명했다.

강아지가 여덟 마리나 된다는 걸 확인하고 나니 안타깝지만 어떻게든 손을 써야 했다. 이봐요, 벽돌공 양반, 당신 동료 중에 혹시 아직 눈도 못 뜬 강아지 몇 마리를 처리해 줄 사람이 있겠소?

벽돌공은 겁에 질린 표정으로 대답했다. "천만에요. 난 지금껏 그런 짓은 한 적이 없어요."

거기 콘크리트기사 양반, 당신들은 아주 거칠다던

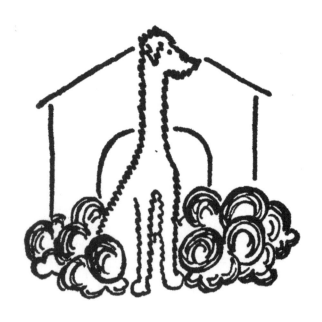

데, 혹시 강아지 몇 마리 처리해 주시겠소?

"그럴 순 없어요." 콘크리트기사가 대꾸했다. "난 그렇게 냉혹한 사람이 아니라고요."

결국 천진난만한 눈빛의 젊은 정원사가 강아지를 물에 빠뜨려 죽였다.


이제 민다는 두 마리만 남은 도베르만 강아지를 돌보게 되었다. 당연하게도 새끼가 무척 자랑스러운 듯 아직 아무것도 모르는 그 조그만 머리를 핥아 주었다. 강아지의 머리는 두 눈 위의 노란 얼룩을 제외하면 온통 새까맣고 윤기가 자르르 흘렀다. 그런데 민다, 대체 어쩌다 도베르만을 낳게 된 거냐?

민다는 지극히 자랑스럽고 행복한 표정으로 가만히 꼬리를 흔들 뿐이었다.

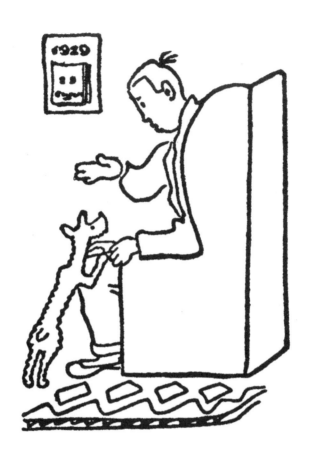

벤, 벤지, 블랙키, 비비

시간이 흘러 천상에 마침내 때가 왔다는 조짐이 나타났을 때, 나는 우리 집 개 이리스에게 그 무엇도 너의 행복을 방해하지 못하게 하겠다는 결심을 밝혔다. 다시 말해 이리스에게 적당한 남편감을 구해 주겠다는 뜻이었다. 물론 거기에는 정식 결혼, 제대로 된 부부 생활, 적자 확인 등의 조건이 따랐다. 한마디로 모든 절차가 합당해야 한다는 말이었다. 이리스는 꼬리를 흔들며 내게 분명한 의사를 전했다. '당신 좋을 대로 해. 하지만 서둘러야 해!'

그 무렵 어느 신사가 날 찾아왔다. 그는 와이어헤

어드 폭스테리어 품종의 우량견을 키우는데, 족보에 부베 폰 플레스베르크라는 이름으로 올라가 있다고 했다 (그 신사가 아니라 폭스테리어 말이다). 신사는 내게 엄숙한 목소리로 혈통증명서가 있느냐고 물었다. 나는 아니라고, 우리 할아버지는 농부였다고 솔직히 고백할 수밖에 없었다. 혈통증명서가 없는데도 신사는 우리 이리스가 자기 피보호자에게 합당한 짝이라는 걸 알아차렸는지 이리스의 눈과 귀, 얼굴과 다리 등 구석구석을 칭찬했다. 다음날 신사는 점잖은 신랑을 데려와 이리스에게 인사시켰다. 이리스는 화살처럼 튀어 나가더니(털북숭이 화살을 떠올릴 수 있다면 말이지만) 빙빙 돌며 원을 그리기 시작했다. 수컷을 향한 유혹이었다. 이리 와, 나한테 구애해, 쫓아와서 날 잡아 봐. 어서 와, 우리 함께 푸른 초원에서 뛰놀자. 털가죽이 펄럭거릴 때까지 무한한 우주를 날아다니자. 나의 왕자님, 당신은 정말 멋져! 얼마 후 그가(폭스테리어가 아니라 그 신사 말이다) 이런 식으로는 안 되겠다, 이러다 부비가 숨이 끊어지겠다며 투덜거렸다. 그는 반항하는 이리스를 두 다리 사이에 끼워 제압하고는 목걸이를 붙잡아 젊은 신랑에게로 끌고 갔다. 무척 섬세한 성격인 이리스는 이런 대접에 상처받은 것 같았지만 충실한 강아지답게 얌전히 굴었다. 알다시피 결혼의 속박이란 이런 것이다. 누군 가의 무릎 사이에 머리가 끼는 것.

얼마 뒤 이리스는 털이 빠지기 시작하더니 우울한 기색을 보였다. 혼자 생각에 골몰한 듯했고 때로는 시름시름 앓기도 했다. 엉덩이만 묵직하게 커지고 몸은 등뼈가 드러날 정도로 야위었다. 내 꼴 좀 봐, 인간! 세 살은 더 들어 보이지 않아? 아, 내 청춘도 이제 끝났네! 전부 사라져 버렸어…… 석탄처럼 새까만 귀에 흰 털이 곱슬곱슬하던 그 남자도…… 그러고는 이리스는 절망의 한숨을 내쉬며 밥을 먹으러 가곤 했다. 어느 날 이리스가 개집에 기어 들어갔다. 원래 그곳은 불명예의 전당이었다. 이리스는 뭔가 잘못해서 야단맞았을 때만 거기로 들어갔고, 그 안에서 인간의 부당함을 가만히 곱씹었다. 물론 우리가 고양이를 다정한 목소리로 불렀다는 이유만으로 개집에 들어가 나오지 않기도 했지만 말이다. 몇 시간 뒤 집안 여자들이 내게 와서 활짝 웃으며 (이럴 때면 여자는 항상 활짝 웃는다) 강아지가 태어났다고 알려 주었다. 대략 두 마리, 아니면 열네 마리일 수도 있다고 했다. 이리스가 아무도 개집에 다가오지 못하게 했기 때문에 확인할 길이 없었다. 그저 개집 안에서 뭔가 까맣고 하얀 것이 꼬물거린다는 사실만 알 수 있을 뿐이었다. 이틀 뒤에야 강아지가 전부 네 마리라는 것이 분명해졌다.

우리 선조가 그랬듯 나도 하루 일과를 마치고 가문 대대로 전해져 온 성서에 그날 있었던 중요한 사건을 엄숙하게 적어 두자는 생각을 좀 더 일찍 떠올렸다면, 그 기록은 대충 이런 식이었으리라.

닷새째: 강아지들이 벌써 낑낑거릴 뿐만 아니라 가르랑대고 칭얼거리고 빽빽 울고 깽깽 짖는다. 까만 녀석은 개집을 가로질러 한구석에서 다른 구석까지 기어가며 자신의 용기에 도취한 듯 시끄럽게 낑낑거린다. 다른 녀석들은 한 덩어리로 누운 채 어미의 젖을 쪽쪽 빨거나 앞발로 두드리거나 꾹꾹 눌러 댄다. 자연의 경이로움을 고스란히 보여 주는 광경이다.

엿새째: 까만 녀석이 개집 밖으로 굴러떨어졌다. 충분히 예상 가능한 일이었다. 그 녀석은 모험심이 넘치니까. 떨어졌을 때 목이 잘린 돼지마냥 째지게 비명

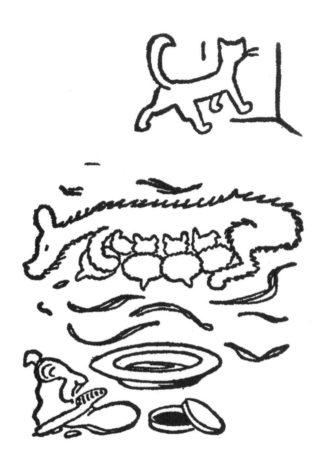

벤, 벤지, 블랙키, 비비

을 지른 걸로 보아 용감하고 강인한 개가 될 것 같다.

이레째: 강아지 사이에 슬슬 형제간의 유대감이 생기나 보다. 한 녀석이 다른 녀석을 제 어미의 젖꼭지에서 밀쳐 냈다.

아흐레째: 강아지들이 서로 싸운 모양이다.

열흘째: 눈 둘레만 까맣고 나머지는 하얀 녀석이 마침내 빠끔히 눈을 떴다.

열하루째: 어느새 한 녀석만 제외하고 모두 눈을 떴다. 어째서 다들 저렇게 머리가 큰 걸까?

열이틀째: 강아지들은 배가 북처럼 볼록하다. 허구한 날 개집에서 굴러떨어지고, 그럴 때마다 서글프게 울어 댄다. 목청이 엄청나다. 귀에 얼룩무늬가 있는 녀석은 제대로 짖기까지 했다!

열나흘째: 오늘 부비의 주인이 와서 강아지의 꼬리를 잘랐다. 난 차마 지켜볼 수가 없었다. 잠시 뒤 여자아이의 새끼손가락보다 가느다란 흰 꼬리들이 땅바닥에 놓였다. 잘 보관해 뒀다 나중에 녀석들이 각자 간직할 수 있게 돌려주고 싶지만, 아무래도 녀석들은 그걸 날름 삼켜 버릴 것 같다. 그냥 땅에 묻어야겠다(강아지가 아니라 꼬리 말이다).

열닷새째: 강아지는 벌써부터 오줌 웅덩이를 만들고 있다. 각자 독립된 삶을 시작했다는 신호다.

이런 식으로 날마다 강아지의 지적·윤리적 성장을 기록할 수도 있었으리라. 강아지가 짖고 으르렁대기 시작해 개집에서 뛰쳐나오고, 계단을 아장아장 올라가고, 서로 쫓아다니며 난리 법석을 피우고, 모든 걸 깨물고, 사방에 코를 들이밀고, 보이는 구멍마다 기어 들어가고, 아무 무릎 위에서나 잠들고, 한마디로 지혜로운 이르지 스 포데브라트 왕☞①의 시대에도 다를 바 없었던 강아지의 행동 단계를. 하지만 나는 이렇게 점진적으로 이어진 사건을 기록하는 걸 깜박했고, 그러던 어느 날 문득 우리 집과 마당에 우글거리는 강아지가 4만 4천 마리쯤 되는 건 아닌가 하는 무시무시한 생각에 사로잡혔다. 눈에 보이는 구멍마다 털투성이 머리가 불쑥 튀어나와 어린아이처럼 빽빽거리거나 꼬리를 흔들어댔고, 한 걸음 옮길 때마다 강아지가 떼를 지어 내 바짓단에 매달리며 으르렁거리고 왈왈거렸다. 모든 식구가 품에 강아지를 한 아름 안고 있었다. 바구니와 항아리마다, 천 조각과 신발짝과 모자마다 까맣고 하얀 강아지가 무더기로 잠들어 있었다. 발 디딜 곳도 없을 지경이었다. 발을 디디려는 곳마다 꼬물대는 강아지나 오줌 웅덩이가, 보통은 둘 모두가 있었으니까. 강아지가 몇 마리인지 정확히 확인하기란 불가능했다. 내가 네 마리를 전부 방 안에 데려다 놓고 30초 뒤에 세어 보려고 하면 강아지 네 마리와 웅덩이 다섯 개가 생겨나 있었다. 단언컨대 이 시기의 강아지는 자연의 신비 중 하나다. 끝없이 즐거움을 주는 한편 오줌 웅덩이도 끝없이 생산해 낸다. 이 문제는 연구해 볼 가치가 있다. 내 생각에 모든 강의(적어도 중요한 강의) 수원지에는 사냥터지기의 오두막이 있을 것이고, 거기에는 어미 개(도라, 플로라, 디아나, 실비아, 아미나 등의 이름이 붙은)와 강아지 아홉 마리가 있을 것이다.

이 처참한 오줌 홍수 앞에서 가장 먼저 손을 든 것은 젖이 바싹 말라붙고 뼈밖에 남지 않은 어미 이리스였다. 물론 이리스는 개가 배워야 할 것을 전부 새끼에게 가르치긴 했다. 필수 과목(적을 쫓아가 덮치고 목덜미를 물어뜯기, 화단 파헤치기, 뭐든지 물고 달아나기, 움직이지 않는 것은 무조건 갉아 대기)부터 선택 과목(춤추기, 제 꼬리를 쫓아 빙빙 돌기, 인간의 다리에 기어오르기, 울타리 사이로 교묘히 미끄러져 이웃집 마당에 들어가기 등)까지 말이다. 하지만 일단 그런 수업이 끝나자 이리스는 다른 방으로 피신해 그곳에 머물렀고, 오직 4만 4천 마리의 새끼 가운데 하나가 엄청 서럽게 울어 댈 때만 밖으로 나왔다. 뭐, 별일 아니네. 벤이 비비의 꼬리를 살짝 깨물어서 비비가 끔찍한 울음과 욕설을 쏟아 내며 으르렁대는 벤을 거꾸로 질질 끌고 아

벤, 벤지, 블랙키, 비비

흔아홉 계단을 내려갔을 뿐이잖아. 아니면 블랙키가 말뚝 울타리 사이로 고개를 들이밀었다 꽉 끼어 빠져나오지 못하거나, 아니면 벤지가 전선을 물어뜯다 감전되었거나. 이런 일은 대략 86초마다 일어나는 일상다반사였다. 그럴 때면 이리스는 유난히 부산하게 걸어 나와 문제의 강아지를 구석구석 핥아 주곤 했고, 강아지는 낑낑대고 훌쩍거리며 어미의 젖꼭지에 납작 달라붙은 채 이렇게 새끼를 달래야 할 때를 위해 마지막까지 남겨둔 젖 한 방울을 짜냈다. 하지만 비비가 엄마 젖을 빠는 걸 용납할 수 없었던 블랙키는 전투의 함성을 내지르며 덤벼들어 제 형제를 앞발로 밀어냈고, 한편 벤은 그 틈을 타서 블랙키의 귀를 쥐어뜯었다. 상황이 이렇게 되면 이리스는 얼른 자리를 피해 자기 은신처로 사라져 버리곤 했다.

(강아지 네 마리의 이름이 전부 B로 시작된다는 점을 여러분도 이미 눈치 챘을 것이다. 사실 이 녀석들은 이리스가 두 번째로 임신해 낳은 강아지였다. 애견학 규칙에 따르면 어미가 같은 새끼들은 알파벳 순서대로 이름을 붙여 세대를 구분해 줘야 한다. 나는 벌써부터 다음에 태어날 강아지들의 이름을 궁리하기 시작했다.

예를 들어 Q 세대에게는 키도, 콰시모도, 쿼바디스, 퀵, 쾩, 케르키스, 퀸컹크스 등의 이름이 기다리고 있다. 하지만 X와 Z 세대가 오면 어떡해야 할지 모르겠다.)

그런데 빠뜨리고 넘어가면 안 될 녀석이 있다. 고

벤, 벤지, 블랙키, 비비

양이다. 이리스가 새끼를 낳은 뒤로 고양이는 이 집안의 경사를 애써 무시해 왔다. 이리스는 억지로라도 새끼들을 보여 주고 싶었는지 고양이를 개집 안에 코로 밀어 넣기까지 했다. 하지만 고양이는 경멸스러운 표정으로 꼬리를 흔들더니 마치 억지로 혈거인 가족을 방문해야 했던 숙녀처럼 도도히 물러났다. 이리스는 상처받은 기색이 역력했지만 '뭐, 우리 애들을 보기 싫다면 맘대로 하든가'라고 말하는 듯했고, 그 뒤로 순전히 앙심 때문에 몇 번이나 고양이 밥그릇을 비워 버리곤 했다.

우리 인간으로 말하자면 그저 이 모든 B의 폭격하에 놓였을 뿐이다. 강아지는 우리 다리에 기어오르는가 하면 우리 코와 특히 귀에 신나게 덤벼들었다. 우리 몸 위에서 급습과 추격 실습을 하고, 존재하지 않는 적의 목덜미(정확히 말해 우리의 종아리)를 물어뜯고, 우리 손가락으로 뼈다귀를 갉거나 발라 먹는 연습을 했다. 밤이면 그들은 사절단을 보내 빵과 우유를 요구하고 신발을 뒤집어 놓았으며, 우리의 품속이나 무릎 위에서 재롱을 떨면서도 형제 아니랄까 봐 서로 질투하며 옥신각신했다. 그러다 보니 모든 상황이 싸움이나 소동으로 끝나기 마련이었다. 강아지는 어디로 가든 뭔가를 망가뜨리거나 한데 걸려 넘어졌다. 우리가 벌컥 화를 내며 이 악당 중 한 녀석의 목덜미를 꼼짝 못하게 붙잡아 들어올리면 더없이 순진무구한 눈을 휘둥그레 뜨고 토실토실하고 작은 앞발을 축 늘어뜨렸다. 그 모습은 정말이지…… 당연하게도 강아지는 우리의 코를 한번 핥고 뽀뽀를 받은 다음 풀려나 또 다른 모험을 향해 아장아장 나아가곤 했다. 가끔 4만 4천 마리의 B가 한꺼번에 잠들 때도 있었는데, 그러면 우리는 전부 있는 게 맞나 확인하려고 초조하게 강아지를 세어 보곤 했다. 보통은 한 마리가 빠져 있었고, 정신없이 한참 찾은 뒤에야 세탁물 바구니나 돌돌 말린 정원용 호스 속에서 발견하기 일쑤였다.

어느 날 나는 B를 전부 한데 모아 놓고(한 마리는 무릎 사이에 끼우고 두 마리는 양손에 하나씩 움켜쥐고 마지막 녀석은 넥타이에 대롱대롱 매단 채) 선언했다. "이 말썽꾸러기, 악마, 무뢰한아. 더는 이렇게 못 지내겠다. 너희를 이 집에서 내보내야겠어. 너희를 위해 좋은 자리도 마련해 두었다. 네 사람을 꼬드겨 너희가 이 세상에서 가장 사랑스럽고 깜찍한 짐승이라고 믿게 해 놓았어. 난 지난 두 달 동안 너희에게 충분히 시달렸으

니 이제 다른 사람에게 짐을 넘겨야지.” 그 밖에도 이런
저런 훈계를 늘어놓은 후 강아지들을 바깥세상에 내보
냈다. 처음에는 까맣고 잽싼 블랙키와 눈가에 까만 테

두리가 있는 불량배 벤지가, 그다음에는 교활한 벤이, 마지막으로 우거지상인 불평꾼 비비가 떠났다. 다시 우리 가족만 남았다. 왠지 쓸쓸한 기분이 들었지만 우리는 안도의 한숨을 내쉬었다. 이제 강아지는 사양이야, 절대로!

이리스는 사흘 동안 시무룩했다. 새끼를 찾는 것 같기도 하고, 야위고 볼품없어진 자기 모습이 창피한 것 같기도 했다. 얼마 뒤 새로 솜털이 돋아난 이리스가 부끄러운 듯 꼼지락대며 다가오더니 내 무릎 위로 뛰어올라 귓가에 뭐라고 속삭였다. 그건 이런 뜻이었다. '난 이제 엄마가 아니야, 다시 어린아이로 돌아갔다고. 돌멩이 좀 던져 봐, 다시 신나게 놀고 싶으니까.'

이리스

지난가을에 일어난 사건의 경위는 영원히 수수께끼로 남을 것이다. 짧게 말하자면, 이리스가 1년에 두 번 임신하면 안 된다고 그 분야의 권위자가 나에게 충고했다. 그랬다간 폐결핵인지 뭔지에 걸릴 수도 있다고. 그 충고를 명심해야 할 시기가 오자 이리스는 이 타락한 세상의 모든 유혹에서 단절되어 엄격한 보호에 처해졌다. 수녀원 학교에 맡겨진 소녀처럼 어디를 가든 동반자와 함께했고 단 한순간도 혼자 있지 않았다. 항상 누군가 곁을 지키며 함께 놀아 주었고, 위태로운 순간마다 돌멩이를 던져 쫓아가게 하거나 잔디밭에서 술래잡기를 하자며 이리스의 주의를 돌렸다. 그런데도 이리스는 언젠가부터 점점 침울하고 심각해지더니, 두 달 뒤 개집에 기어 들어가 강아지 네 마리를 낳았다. 도대체 어찌 된 영문인지 나로서는 모르겠지만 말이다. 자연은 강력하다. 의심할 상대라고 해 봐야 옆집의 송아지만한 독일셰퍼드나 다른 이웃집의 스테이블테리어뿐이었다. 그 테리어 녀석도 이젠 얌전한 늙다리라 맛난 음식 말고는 아무것도 관심이 없는 데다 옆구리에 만성 통증을 달고 다니는 터였다. 두 수컷 모두 전혀 가능성이 없어 보였다. 상대가 어느 쪽이든 못난 잡종 강아지가 태어날 것은 자명했고, 그렇다면 나는 새끼를 처리할 수밖에 없었다. 물론 그 일을 떠맡아 줄 사람을 구할 수 있다는 전제하에 말이다.

하여간에, 다시 말하지만 자연이란 정말이지 강력하고 신비롭다. 이렇게 반칙으로 태어난 강아지는 놀라운 자연의 장난 덕에 완벽한 순종 폭스테리어의 모습이었던 것이다. 1~2주 뒤에 수의사가 그들을 데려가겠다며 한 살짜리 수망아지나 중고 오토바이 한 대를 살 만큼의 거액을 제시했을 정도였다. 나는 그중 두 마리를 남겨 두었고, 앞서 언급한 알파벳 순서 규칙에 따라 셀

레리티Celerity와 시트린Citrine이라는 이름을 붙여 주었다. 강아지에 관해서라면 나도 이미 경험이 충분했다. 강아지에게는 두 가지 보편 원칙이 있다. 그 둘이 모순되는 듯이 보일지도 모르지만 그건 강아지 탓이지 내 잘못은 아니다.

1. 모든 강아지는 서로 닮았다. 모두가 태어날 때부터 똑같은 습관을 보이고 똑같은 규칙에 따라 성장한다. 자기와 전혀 상관없는 곳에 기어 들어가고, 하루에 77개씩 오줌 웅덩이를 만들고, 인간의 양말을 찢어 놓는다. 의자나 실, 비누, 카펫, 인간의 손가락처럼 먹어서는 안 될 것을 먹는다. 깨끗한 빨래가 담긴 바구니에 들어가 잠들고, 5분마다 도와 달라며 울어 대고, 일단 짖는 법을 배우고 나면 뭔가 치명적인 손상을 끼치는 동안에만 조용하다. 이는 세상의 모든 강아지에게 적용되며 피할 수 없는 자연의 법칙이다.

2. 반면 모든 강아지는 태어날 때부터 얼굴, 능력, 지능이 제각각이다. 한배에서 났지만 첫째는 신중한 명상가, 둘째는 타고난 싸움꾼이자 정복자, 셋째는 불평꾼에 구제 불능 이기주의자, 막내는 선량한 평화주의자일 수도 있다. 강아지에게도 일종의 사상체질이 존재하

는 것 같다. 강아지는 외곬수거나 분열적이거나 영웅적
이거나 악한일 수 있다. 행동파와 감상주의자, 아킬레
우스형과 디오니소스형, 다혈질과 냉혈한, 과묵한 성향

과 사교적 성향이 있다. 모든 강아지는 똑같이 행동하지만 그럼에도 각자 성격이 다르다. 종의 유사성은 영원하지만 모든 생물체의 다양성은 무한한 것이다.

한편 강아지 주인의 운명을 지배하는 또 다른 원칙도 존재한다. 1단계는 강아지가 아직 눈도 못 뜨고 어미 젖꼭지에 매달려 있는 시기로, 이때는 의기양양한 어미에게 몇 마디 찬사를 던지며 대충 들여다보는 게 고작이다. 2단계가 되면 주인은 갑자기 강아지에게 엄청난 관심을 기울이며 강아지를 절대로 떠나보내지 않을 거라고, 이렇게 사랑스러운 강아지는 인류 역사상 존재한 적이 없으며 전부 자기가 데리고 있을 거라고 열렬히 선언한다. 그러나 마지막 3단계가 되면 1단계에서 강아지를 주겠다고 약속했던 사람들에게 편지를 보내거나 전화를 건다. 하루 빨리, '지금 당장' 강아지를 데려가라는 내용이다. "네가 이 즐거움을 놓치면 안 되니까 얘기해 주는 거야. 바로 지금이 가장 귀여운 시기라니까. 그러니 이 시기를 즐기려면 오늘 당장 데리고 가야 해" 그리하여 강아지는 순식간에 한 마리 한 마리 사람들 손에 들려 떠나간다. 개 주인은 강아지가 놀랍도록 착하고 얌전하다고, 제 주인을 즐겁게 해 줄 생각밖에 없는 녀석이라고 단언한다. 한편 문제의 강아지를 건네받은 새 주인은 그 귀여운 생명체가 자기 코를 핥고 귀를 깨물기 시작하면 까무러치게 기뻐하며 열렬히 거듭 감사를 표하고, 원래 주인이 생각을 고쳐먹기라도 할까 봐

허둥지둥 작별 인사를 남기고 그 자리를 떠난다. 그러고 나면 주인은 등 뒤로 문을 닫으며 진심으로 안도의 한숨을 내쉰다. "휴우, 다행이야. 이제 해방이네."

　새로운 강아지 주인 또한 운명의 책에 적힌 단계를 그대로 따라가게 된다. 처음 며칠 동안은 귀염둥이가 무슨 일을 저지르든 기뻐하고 감격할 뿐이다. "우리 모두 그 녀석에게 홀딱 빠졌어." 그는 개 주인에게 소식을 전한다. "그 녀석이 벌써부터 우리 집에 익숙해졌다니까. 우리 침대 말고 다른 곳에서는 자려고 들지 않아. 실컷 물어뜯으면서 놀라고 내 실내화도 줬지! 그 녀석 식욕도 대단하던데! 게다가 그 조그만 발로 얼마나 열심히 암탉을 쫓아다니는지! 고집은 또 얼마나 센지 몰라! 도무지 지칠 줄을 모른다니까! 우리 식구 모두 네 선물에 감사하고 있어."

　그러다 2주 뒤에 이런 소식이 온다. "있잖아, 그 녀석 정말 말썽꾸러기야. 누가 하루 종일 지켜봐야 한다고…… 게다가 무조건 우리 침대에서만 자려고 한다니까. 내가 침대에서 밀어내려고 했더니 날 물지 뭐야. 가끔은 매라도 때려 주고 싶지만 차마 그러지는 못하겠고. 뭐, 그래도 우리 집에 완전히 적응한 것처럼 보일 때도 있어. 다른 면에서도 차차 나아지겠지, 안 그래?"

그리고 또 2주가 지나면 새 주인이 직접 찾아와 부산하게 헛기침을 하며 마치 내 자식에 관해 불쾌한 소식이라도 전하려는 사람처럼 조심스럽게 말을 꺼낸다. "그 녀석한테는 이제 두 손 다 들었어. 벌써 송아지만큼 컸는데 아직도 자기가 하고 싶은 대로만 하거든. 목줄을 매어 산책하는 법을 가르치려고 했는데 제멋대로 뛰어다니다 하마터면 목이 졸릴 뻔했지. 다른 집 개를 쫓아가질 않나. 게다가 우리 집 카펫도 이만큼이나 물어뜯어 놨어. 대체 그 녀석을 어떡하면 좋을지 알려줄래?"

지금까지 이 C 세대 강아지의 행보는 다음과 같다.

C1(젊은 여성이 데려감): 정말 귀여워요. 내 코를 무네요. 가정부 신발을 발기발기 찢어 놨어요. 베일도. 산불처럼 쑥쑥 자라네요. 허구한 날 신발과 스타킹을 찢어 놓고요. 다들 아주 잘생겼다고 칭찬해요. 차에 치였어요. 내 모자를 삼켰다 소화시키지 못해 쩔쩔맸어요. 엄청나게 영리한 녀석이에요. 개 훈련소에 보냈죠. 3주 동안 훈련받고 돌아왔는데, 이젠 목줄을 매어도 잘 따라오고 정중히 부탁할 줄도 알아요. 신발도 전보다는

이리스

덜 찢고요.

　　C2(의사가 데려감): 정말 귀여워요. 하루 종일 내 무릎에 올려놓고 지켜봐야 하죠. 대기실에서 환자의 모자를 찢어 놨어요. 하나 더. 또 하나 더요. 마당에 두었

더니 모종을 모두 파헤쳐 버렸죠. 이빨과 발톱을 동원해 침대에 대한 독점적이고 절대적인 권리를 지키려 하죠. 이웃집 암탉을 쫓아다니고 환자의 종아리를 물어요. 벌을 주려고 우리 집 평지붕에 올려놨더니 지붕을 삼켜, 아니 정확히 말하면 물어뜯어 구멍을 냈지 뭐예요. 버릇을 좀 고쳐 달라고 사냥터지기한테 보냈는데 그도 얼마 지나지 않아 포기하더라고요. 숲의 묘목을 돌봐야 해서 지금 당장은 개한테 신경 쓸 시간이 없다나요. 이젠 그 녀석이 우리 집과 마당의 절대 권력자예요. 누구든 다가오면 잽싸게 경계 태세를 취하고 이를 드러내면서 고집을 부려요. 지금으로서는 그 녀석의 앞날이 어떻게 될지 모르겠네요. 하지만 녀석이 고분고분해지는 일은 없을 거예요. 그야말로 순종 강아지니까요. 정말 완벽한 순종이라니까요!

안 돼, 이리스. 이번엔 절대 안 된다고. 너 혼자서는 한 걸음도 못 나가. 우리가 널 위해 이러는 거 알지. 신경 쓰지 마, 우리 인간에게도 나름의 고충이 있는 거니까. 그냥 시큰둥하게 내 발치에 누워 있어. 잠들렴. 잠이나 자면서 이 평화로운 봄날을 보내려무나.

다셴카

## 1장

갓 태어났을 때 그 녀석은 한 손에 쏙 들어올 만큼 작은 흰 덩어리에 불과했다. 작고 까만 두 귀와 앙증맞은 꼬리 덕에 간신히 강아지란 걸 알아볼 수 있었다. 그 녀석이 암컷이길 바랐던 우리는 다셴카라는 이름을 붙이기로 했다.

여전히 작은 흰 덩어리였던 시절 다셴카는 눈을 뜨지 못했을 뿐만 아니라 아예 눈이 없는 것처럼 보였다. 게다가 다리는 한껏 인심을 써야 다리라고 부를 수 있을 두 쌍의 뭔가에 지나지 않았지만, 아직 제구실도 못하는 그 자그마한 것을 우리는 관대하게 다리라고 불러 주었다. 물론 다센카의 다리는 너무 약하고 흐늘거려 몸을 지탱할 수 없었고, 그러니 걷는다는 건 생각하기도 어려웠다. 다센카가 제대로 걸음마 연습을 시작했을 때(사실 시작했다기보다 엄두를 낸 정도였고, 더 정확히는 엄두를 냈다기보다 간을 보는 정도였지만—아니, 물론 여러분도 알다시피 다센카는 아직 간을 본다는 게 뭔지 몰랐으니 그렇게 할 수도 없었지만) 어미의 뒷다리에서 앞다리까지 굴러가는 데 반나절이 걸렸다. 그것도 도중에 세 번 젖을 빨고 두 번 낮잠을 자면서 말

이다. 다센카는 태어난 순간부터 배우지 않고도 먹고 자는 법을 터득했으며, 그 뒤로 하루 종일 열심히 먹고 자기를 반복했다. 다센카는 아주 성실한 강아지였으니, 내 생각엔 아무도 보지 않는 한밤중에도 대낮만큼 성실하게 잠을 잤을 것이다.

다센카는 낑낑 울 줄도 알았지만, 나는 강아지가 낑낑대는 것을 제대로 묘사하거나 흉내 내지 못한다. 그만큼 가늘고 새된 목소리를 낼 수 없기 때문이다. 다센카가 태어난 날부터 잘했던 또 한 가지는 짭짭대며 어미젖을 빠는 것이었다. 하지만 그게 전부였고, 그러니 처음에 나는 다센카와 딱히 대화를 나눌 수 없었다. 녀석의 어미(와이어헤어드 폭스테리어 품종인 이리스)에게는 그것만으로도 충분한 듯했지만 말이다. 이리스는 하루 종일 다센카를 애지중지하며 뭐라고 말을 걸거나 속삭였다. 다센카의 온몸을 킁킁대며 냄새를 맡고, 뽀뽀하고 핥고 혀로 구석구석 씻기며 털을 가다듬고, 어르고 달래며 젖을 주고, 안아 주고 가만히 지켜보기도 했다. 어미의 작고 덥수룩한 몸을 베개 삼아 다센카가 얼마나 달콤하게 잠들곤 했는지! 모성애란 바로이런 것이 아닐까. 우리 모두 잘 알다시피 인간 어미도 똑같이 행동하니까. 하 지만 인간 어미는 자 신이 하는 행동과 그 이유를 잘 아는 반면 어미 개는 모른다. 그 저 자연이 명령한다고 느끼는 대로 행동할 뿐이다.

"이봐요, 어머니" 자연의 목소리가 말한다. "어린것이 눈뜨기 전까지는 당신이 돌봐 주어야 해요. 아직 제 몸 도 지킬 수 없고 숨거나 도움을 청할 수도 없으니까요. 새끼에게서 한 걸음도 떨어지면 안 돼요. 조심해서 돌 봐 주세요. 품에 감싸 안고 보호해 주고, 혹시라도 수상 한 녀석이 나타나면 먼저 으르렁대며 공격해야 해요!"

이리스는 이 명령을 뼛속 깊이 명심했고, 어느 날 수상쩍어 보이는 변호사가 가까이 오자 덤벼들어 그의 바지를 찢어 버렸다. 작가가 다가왔을 때는 다리를 물 어뜯었고, 어느 숙녀의 옷을 찢어 놓기도 했다. 이리스 는 우체부, 청소부, 전기기사, 가스회사 직원 같은 공무 원에게도 사나운 공세를 펼쳤다. 더구나 여러 저명인사 도 예외는 아니었는데, 국회의원이 이리스에게 공격당

하거나 경찰관이 오해받아 곤욕을 치르기도 했다. 이런 경계심과 사나움 덕분에 세상의 음모와 적개심과 악의로부터 새끼를 무사히 지킬 수 있었다. 이리스 같은 어미에게는 숨 돌릴 시간도 모자라다! 이 세상엔 인간이 너무 많아 혼자서는 도무지 다 물어뜯을 수 없으니까.

다센카가 태어난 지 열흘째 되던 날 녀석의 삶에서 최초의 사건이 일어났다. 아침에 잠을 깨니 놀랍게도 눈이 번쩍 뜨였던 것이다. 당장은 한쪽 눈뿐이었지만, 그것만으로도 세상을 향해 크게 한 걸음 내딛은 셈이었다. 다센카는 깜짝 놀라 낑 소리를 냈는데, 그 기념비적인 소리야말로 소위 '짖기'라고 하는 개 언어의 말문이 트인 순간이었다. 이제 다센카는 말할 수 있을 뿐만 아니라 욕설과 위협도 할 줄 알지만, 그때만 해도 나이프로 접시를 긁는 것 같은 낑낑 소리밖에 못 냈다.

그래도 가장 중요한 사건은 눈을 뜬 것이었다. 그때까지 다센카는 어미의 몸에서 젖이 나오는 근사한 꼭지를 찾아내려면 코로 냄새를 맡아야 했고, 기어가려면 작고 반짝이는 콧등을 쑥 내밀어 바로 앞에 무엇이 있는지 확인해야 했다. 그러니 설사 한쪽만이라고 해도 눈이 보인다는 건 엄청난 혁신이다. 쓱 훑어보기만 해도 '이런, 여기 벽이 있네', '저기는 구덩이가 있구나', '저기 하얀 게 우리 엄마야' 하고 확인할 수 있으니까. 잠자고 싶어지면 그 작은 눈의 눈꺼풀을 닫으며 '이제 졸리네요, 잘 자요'라는 신호를 보내면 된다. 게다가 잠에서 다시 깨어날 때는 어떤가? 한쪽 눈을 뜬 순간, 맙소사! 나머지 한쪽도 뜨였네! 두 눈을 살짝 깜박이자 다음 순간 모든 게 선명히 보인다. 바로 그때부터 다센카는 두 눈으로 세상을 보고 두 눈을 감고 잠들게 되었다. 예전만큼 오래 잘 필요도 없어졌으니 앉기, 걷기, 그밖에 살아가는 데 중요한 일을 할 여유도 생겼다. 이런 것이야말로 성장이 아니겠는가.

그 순간 또다시 자연의 목소리가 들려왔다. "다셴카." 목소리가 명령했다. "이제 눈을 떴으니 앞을 보고 걸음마를 연습해 봐." 다셴카는 알아들었다고 대답하듯 작은 귀를 쫑긋거리더니 정말로 걸어 보려고 했다. 우선 오른쪽 앞발을 내밀고, 그다음엔 어떡하지? "이제 왼쪽 앞발을 내밀어." 자연의 목소리가 일러 주었다. 만세! 멋지게 해냈다. "이번엔 오른쪽 뒷발을 움직이는 거야. 뒷발이라니까, 앞발 말고 뒷발! 바보 다셴카, 뒷발 하나가 아직 남았잖아! 그걸 앞으로 내밀지 않으면 더는 나아갈 수 없다고. 그 뒷발을 네 엉덩이 아래로 끌어당기라니까. 아냐, 그건 다리가 아니라 너의 작은 꼬리잖아. 꼬리로는 걸을 수 없어.

명심해, 다셴카, 꼬리는 신경 안 써도 돼. 알아서 다리를 따라올 테니까. 자, 발 네 개가 전부 제자리에 왔니? 잘했어! 한번 더 해 보자. 오른쪽 앞발을 앞으로 내밀고 고개를 살짝 치켜들어. 그래야 뒷다리를 옮겨 놓을 공간이 생길 테니까. 잘하고 있어. 이번엔 왼쪽 뒷발, 이번엔 오른쪽 뒷발(아니야, 다셴카, 그렇게 다리를 멀리

디디면 안 돼. 발은 네 몸 아래 있어야 해. 그래야 배가 땅에 끌리지 않지), 그래, 이번엔 왼쪽 앞발. 훌륭해! 아주 쉽지? 잠시 쉬었다 다시 해 보자. 하나 둘 셋 넷, 고개 들고, 하나 둘 셋 넷.”

2장

방금 보았다시피 걸음마 연습이란 아주 힘든 일이다.
게다가 자연의 목소리는 얼마나 엄격한 선생님인지 다
셴카 같은 강아지도 봐주는 법이 없다. 다셴카를 격려
해 줄 여유조차 없을 때도 있는데, 아기 참새에게 나는
법을 가르치거나 애벌레에게 먹을 수 있는 이파리 구별
법을 알려 줘야 하기 때문이다. 그럴 때면 자연은 다셴
카에게 숙제를 내준 다음(예를 들어 개집 한구석에서
다른 구석까지 대각선으로 걸어가라든지) 이 가엾은 꼬
마를 혼자 두고 가 버리기도 한다. 다셴카는 혀를 쏙 빼
문 채 숙제에 열중한다. 왼쪽 앞발, 이번엔 오른쪽 뒷발
(이런! 뭐가 오른쪽이더라, 이쪽인가 저쪽인가?) 그리

다셴카

고 왼쪽 뒷발(이놈의 발이 어디 갔어?), 그다음엔 뭐였지? "이 녀석아." 자연의 목소리가 불쑥 들려온다. 참새에게 나는 법을 가르치고 오느라 숨이 찬 모양이다. "걸음걸이를 작게 하라고 했잖니, 다셴카. 고개를 들어. 발은 몸 아래 얌전히 집어넣고. 한번 더 해 봐!" 자연의 목소리는 최선을 다한다. 나무랄 데 없는 가르침이다. 하지만 다셴카가 뭘 어쩔 수 있겠는가! 실처럼 가느다랗고 젤리처럼 흐늘거리는 다리, 볼록 튀어나온 배, 커다란 머리로는 너무나 어려운 숙제다. 맥이 빠진 다셴카는 개집 한가운데 주저앉아 흐느낀다. 그때 이리스가 다가와 딸아이를 달래며 젖을 물린다. 어미와 딸은 잠시 눈을 붙이지만, 얼마 지나지 않아 눈을 뜬 다셴카는 아직 끝내지 못한 숙제를 떠올리며 힘겹게 어미의 등을 넘어 개집 구석으로 돌아간다. "착하구나, 다셴카." 자연의 목소리가 강아지를 격려한다. "그렇게 열심히 연습하다 보면 금세 바람처럼 빠른 개로 자랄 거야."

여러분은 믿을 수 없겠지만, 강아지는 할 일이 얼마나 많은지 모른다. 걸음마 연습을 하지 않을 때면 잠을 자야 하고, 잠자지 않을 때면 앉는 연습도 해야 한다(생각만큼 쉽지 않은 일이다. 그러면 또다시 자연의 목소리가 다그친다. "똑바로 앉아야지, 다셴카. 고개 들고, 등 구부리지 말고. 조심해. 또 엎드려 있잖니. 이런, 이번엔 다리를 깔고 앉았구나. 네 꼬리는 어디 있지? 꼬리 위에 앉으면 안 된다니까. 그러면 꼬리를 흔들 수가 없어요." 자연은 이렇게 줄곧 잔소리를 늘어놓는다).

다셴카

게다가 강아지는 잠자거나 젖을 빠는 동안에도 성장이라는 임무를 수행해야 한다. 날마다 조금씩 다리가 길어지고 튼튼해지며, 목은 길쭉해지고 조그만 주둥이는 점점 더 호기심에 차서 킁킁거린다. 네 다리가 한꺼번에 자라는 건 이만저만 고된 일이 아니다. 쥐꼬리 같던 꼬리도 대변신을 거쳐 튼실해져야 하고(알다시피 폭스테리어의 꼬리는 몽둥이처럼 굵직하며 공중에 휘저었을 때 채찍처럼 휙휙 소리가 난다) 게다가 귀를 쫑긋 세우고 꼬리를 흔들며 맹렬하게 짖어 댈 줄도 알아야 한다. 다셴카는 이 모든 걸 배워야 했다. 벌써 그 조그만 다리로 곧잘 걷긴 하지만, 가끔은 다리 하나가 어디 있나 깜박해서 박자를 놓치기도 한다. 그러면 가만히 주저앉아 다리를 찾아낸 다음 네 개가 전부 잘 있는지 헤

아려 본다. 가끔은 걷는 대신 데구루루 뒹굴기도 하지만, 그런 경우에도 다셴카는 준비가 되어 있다. 밀방망이마냥 몸을 굴려서 다시 일어나 걸으면 되는 것이다. 하지만 강아지의 험난한 삶은 이것으로 끝이 아니다. 이제 이가 날 시기가 되었기 때문이다.

처음에는 보리알처럼 작고 둥글던 이가 어느새 뾰족해졌다. 이가 날카로워질수록 다셴카는 뭔가를 실컷 물어뜯고 싶은 욕구를 강하게 느낀다. 다행히 세상에는 물어뜯기에 딱 좋은 것이 제법 많다. 어미의 귀, 인간의 손가락, 가끔은 인간의 코끝이나 귓불도. 그런 것이 근처에 보이기만 하면 다셴카는 신나서 냉큼 물어뜯곤 한다. 가장 큰 피해자는 어미 이리스다. 이리스의 배는 다셴카의 이빨에 물어뜯기고 손톱에 할퀴여 상처투성이다. 이리스는 고통을 참느라 눈을 껌벅이면서도 이 작은 깡패를 충실히 돌본다. 그만하렴, 다셴카. 네 엄마 젖은 이제 곧 말라 버릴 거야. 이제 슬슬 또 다른 요령을 배워야겠구나. 그릇에 든 우유를 마시는 방법 말이다.

이리 오렴, 아가야. 여기 우유 그릇이 있단다. 음, 어떡해야 할지 전혀 모르겠다고? 우선 네 작은 코를 그릇에 집어넣으려무나. 혀를 쏙 내밀어 그 하얀 액체에

담그렴. 그런 다음 혀를 얼른 도로 집어넣으면 하얀 액체가 한 방울 입속으로 들어갈 거야. 그러면 다시 똑같이 하는 거야. 다시, 한번 더, 또다시, 그릇이 텅 빌 때까지. 그렇게 멍한 표정 짓지 말라니까, 다셴카. 거긴 아무것도 없어요. 그럼 이번엔 네가 직접 해 보려무나. 시작!

다셴카는 꼼짝하지 않는다. 눈을 휘둥그레 뜨고 꼬리를 흔들며 가만히 주저앉아 있을 뿐이다.

이 바보야, 어쩔 수 없구나. 내가 직접 네 멍청한 코를 그릇에 밀어 넣어 주마. 기분이 나빠도 난 모른다! 강제로 우유에 처박혀 깜짝 놀란 다셴카는 주둥이와 콧수염에 흠뻑 묻은 우유를 혀로 깨끗이 닦아 낸다. 아니, 이거 맛있잖아! 이제는 아무것도 녀석을 말릴 수 없다. 다셴카는 자진해서 하얗고 맛난 액체로 달려든다. 머리부터 다리까지 쑤셔 넣고 방바닥에 온통 우유를 튀긴다. 우유에 흠뻑 젖은 네 발과 두 귀, 꼬리를 어미가 다가와 깨끗이 핥아 주어야 한다. 하지만 일단 첫걸음은 내딛은 셈이다. 며칠 지나지 않아 다셴카는 번개처럼 빠르게 우유 그릇을 싹 핥아먹고 온실 속 식물, 아니 목장의 송아지처럼 쑥쑥 자란다. 어린이 여러분, 다셴카

를 본받아 열심히 밥을 먹도록 해요. 그러면 이 유명한
강아지 다센카처럼 몸도 마음도 튼튼해질 거랍니다.

다센카

시간은 물처럼 흘러갔고, 그사이 집 안에는 여기저기 작은 오줌 웅덩이가 생겼다. 다셴카는 이제 꼬리를 바들바들 떨며 제 몸도 가누지 못하는 덩어리가 아니다. 독립적인 털북숭이이자 한순간도 가만 못 있는 호기심 꾸러기, 뭐든 이빨과 발톱으로 망가뜨리는 게걸스러운 생명체가 된 것이다. 동물학적으로 말하자면 완전한 척추동물이자 굶주린 맹수로, 천방지축과科 개구쟁이속屬 까만귀말썽꾼종種으로 성장한 셈이다.

다셴카는 어디든 제멋대로 돌아다닌다. 집과 마당 전체, 울타리 안의 온 우주가 다셴카의 영역이다. 이 우주에는 물어뜯거나 꿀꺽 삼켜도 되는지 확인해야 할 것이 수없이 많다. 오줌 웅덩이를 만들기에 가장 좋은 자리는 어디인가 하는 흥미로운 주제를 연구할 신기한 공간도 많다(다셴카는 그중에도 하필 내 서재 주변을 골랐지만, 가끔은 거실을 선택하기도 한다). 게다가 잠자

기에 가장 좋은 곳도 찾아야 한다(다센카는 특히 행주 위를 좋아하지만 인간의 품, 화단 한가운데, 빗자루 위, 갓 다림질한 침대보 위, 바구니나 장바구니 안, 염소 가죽 위, 내 실내화 위, 온상, 쓰레기통, 깔개 위, 심지어 그냥 바닥에서 자기도 한다). 재미있는 놀잇감도 있다. 예를 들어 계단은 곤두박질치며 굴러 내려가기 좋은 곳이다(다센카는 코를 찧으면서도 '이거 정말 재밌네'라고 생각한다). 반면 위험하고 예측 불가한 상황도 있으니, 예를 들어 문에 머리를 부딪거나 발이나 꼬리가 끼

이는 건 정말 순식간에 일어나는 일이다. 그럴 때면 다셴카는 창에 찔리기라도 한 것처럼 크게 울어 대고, 상냥한 인간의 품에 안겨서도 한참 낑낑거린다. 그렇게 위로를 받은 뒤엔 뭔가 맛난 걸 얻어먹고 다시 계단에서 구르며 논다.

이렇게 심각한 사고를 몇 번이나 겪었음에도 다셴카는 아무 일도 없다는 듯 태평하기만 하다. 자기 같은 개한테 위험이란 없다고 생각하는 모양이다. 빗자루가 앞에 닥쳐와도 그쪽에서 알아서 피하겠거니 확신하는

듯 비킬 생각을 않고, 십중팔구는 실제로 그렇게 된다. 다셴카는 털이 덥수룩한 것엔 무조건 친근감을 느끼는 듯하다. 빗자루든, (자기가 소파를 뜯어 끄집어낸) 말 털 뭉치든, 가까이 있는 인간의 머리카락이든 말이다. 게다가 인간의 신발 앞에서도 비킬 생각을 않는다. 강아지 앞에서는 당연히 인간이 비켜야지, 안 그래?

그래서 우리 집 사람들은 모두 허공에 둥둥 떠다니거나 살얼음판을 걷는 것처럼 조심조심 발을 옮긴다. 언제 신발 아래서 다셴카의 고통스러운 울음소리가 들려올지 모르기 때문이다. 여러분은 믿기 어렵겠지만 강아지란 그야말로 어디서든 불쑥 나타날 수 있다. 다셴카는 아직 세상의 악의와 음모, 유혹에 깜깜하다. 세상에는 함부로 달려들면 안 되는 게 있다는 사실도 전혀 몰라 세 번이나 마당의 물탱크 속에 뛰어들기도 했다. 그럴 때마다 우리는 다셴카를 구해 내 따뜻한 천으로 감싸고 위로 삼아 특별히 코끝도 내밀어 준다. 다셴카가 세상에서 가장 좋아하는 존재를 실컷 깨물며 빨리 충격에서 벗어날 수 있도록 말이다.

4장

하지만 모든 일에는 순서가 있는 법이다. 다셴카에게 가장 중요한 일은 '달리기'다. 힘겹게 비틀대며 걸음마를 하던 시절은 훌쩍 지나 버렸다. 이제 다셴카는 한층 발달한 운동 능력을 과시한다. 달리기, 속보, 질주, 멀리뛰기, 높이뛰기, 달아나기, 쫓아가기, 돌진하기, 단거리와 장거리 달리기, 10미터 경주. 온갖 종류의 낙법도 선

보인다. 거꾸로 떨어지기, 다이빙, 곤두박질, 다양한 공
중제비, 물건을 뛰어넘거나 들고(예를 들어 입에 행주
를 물고) 뛰어내리기, 게다가 뒹굴고 구르고 넘어지고
선회하고 재주넘고 덤벼들고 추격하고 도망갈 줄도 안
다. 사실상 개의 모든 스포츠 종목을 정복한 셈인데, 이
는 어미의 헌신적 훈련 덕분이다. 이리스는 화단을 비

다셴카                    105

롯한 장애물을 휙휙 뛰어넘으며 마당을 질주한다. 다셴카는 털북숭이 화살처럼 쌩하고 날아가는 이리스를 열심히 뒤쫓는다. 이리스는 한 바퀴 원을 그리며 돌기도 하는데, 이런 기술을 아직 터득하지 못한 다셴카는 아찔하게 재주넘기를 하고서야 멈춰 선다. 이리스가 다셴카를 꽁무니에 매단 채 빙글빙글 원을 그리면, 아직 원심력을 모르는(물리학이란 개가 한참 나중에야 깨치게 되는 지식이니까) 다셴카는 자기도 모르게 무시무시한 공중제비를 돌며 떨어지기도 한다. 이런 물리현상을 경험할 때마다 다셴카는 깜짝 놀란 표정으로 꼬리를 깔고 쪼그려 앉는다.

사실 다셴카처럼 어린 강아지는 아직 제 몸의 움직임을 완벽히 조종하지 못한다. 살짝 한 걸음을 내딛으려다 대포알처럼 날아가기도 하고, 뛰어오르려다 총에 맞은 것처럼 벌렁 나가떨어지기도 한다. 여러분도 잘 알겠지만 아이들이란 뭐든 다소 과장하기를 좋아하니까. 정확히 말하면 다셴카는 달리는 게 아니라 막무가내로 덤벼드는 것이고, 뛴다기보다 튕겨 나가는 것이다. 다셴카의 속도는 신기록감이다. 3초 만에 화분 무더기를 뒤엎고, 선인장 묘목을 심은 온상에 머리부터 거꾸로 떨어지면서 꼬리를 63번 휘젓는다. 다셴카 말고는 누구든 흉내도 내지 못할 일이다!

다음으로 중요한 것은 '물어뜯기'다. 다셴카는 말 그대로 눈에 보이는 모든 물건을 갈기갈기 물어뜯는다. 특히 고리버들 가구, 빗자루, 카펫, 무선통신 장비, 실내화, 면도솔, 사진기, 성냥갑, 노끈, 꽃, 비누, 옷가지, 단추를 좋아한다. 이런 것이 가까이에 없을 때는 제 다리나 꼬리를 힘껏 물었다 비명을 지르기도 한다. 다셴카가 끈질기게 물어뜯은 탓에 카펫 모퉁이, 깔개 테두리 따위가 남아나질 않는다. 그렇게 조그만 짐승치고 어찌나 놀라운 성과를 거두었는지, 그 짧은 시간 동안 이런 물건을 완전히 망가뜨려 버렸다.

| | |
|---|---|
| 고리버들 가구 1세트 | 360코루나☞① |
| 소파 커버 1장 | 536코루나 |
| 낡은 카펫 1장 | 700코루나 |
| 거의 멀쩡한 깔개 1장 | 940코루나 |
| 정원용 호스 1개 | 136코루나 |
| 솔 1개 | 16코루나 |
| 덧신 1켤레 | 19코루나 |

☞① 체코의 화폐 단위.

| | |
|---|---|
| 실내화 1켤레 | 29코루나 |
| 그 외 | 263코루나 |

---

| | |
|---|---|
| 합계 | 2,999코루나 |

(계산이 맞는지는 여러분이 확인해 주시길.) 그렇다면 순종 와이어헤어드 폭스테리어 강아지의 금전적 가치는 최소한 2,999코루나가 되는 셈이다. 이 같은 기준으로 아프리카 사자 새끼의 가치를 계산해 본다면 과연 얼마가 나올지, 흥미로운 일이다.

가끔은 집 안이 희한하게 조용할 때가 있다. 다셴카가 물거품마냥 조용히 한구석에 처박혀 있다. '휴우, 저 똥개 녀석이 잠들었나 보다.' 다들 안도의 한숨을 내쉬며 잠시나마 휴식을 즐기지만, 머지않아 그 고요함이 수상쩍게 느껴진다. 다셴카가 왜 이리 오래 조용한지 알아보러 가면 녀석은 의기양양하게 자리에서 일어나 꼬리를 흔들고, 그 아래엔 이제 무엇인지도 알아볼 수 없는 물건의 파편이 수북이 쌓여 있다. 아마도 솔이었던 것 같다.

역시나 중요한 또 다른 행위는 '줄다리기'다. 대체

로 어미 이리스가 도와주는데, 강아지에겐 줄다리기용 줄 같은 게 따로 없으므로 뭐든 보이는 대로 이용한다. 모자, 스타킹, 구두끈 등 쓸 만한 건 많다. 예상할 수 있듯이 어미가 일방적으로 다셴카를 질질 끌고 온 마당을 돌아다니지만, 그래도 다셴카는 포기하지 않는다. 줄이 끊어질 때까지 이를 악물고 눈이 튀어나오도록 매달린다. 어미가 곁에 없을 때도 다셴카는 줄에 걸린 빨래나 사진기, 꽃, 수화기, 커튼, 무선통신 장비 등을 상대로 혼자 줄다리기를 연습한다. 인간의 집에는 이와 근육의 힘을 시험하며 끈기와 스포츠 정신을 기를 수 있는 신기한 물건이 널려 있으니까.

하지만 개의 진지한 스포츠 중에서도 다셴카가 가장 좋아하는 것은 바로 그레코로만형 레슬링이다. 레슬링을 할 때면 다셴카는 놀랍도록 사납게 어미에게 덤벼들어 코와 귀, 짧은 꼬리까지 마구 물어뜯는다. 이리스는 몸을 흔들어 새끼를 떨쳐 낸 다음 목덜미를 눌러 제압한다. 그러면 소위 접근전이 시작된다. 두 선수가 맞붙어 링 위를(사실은 잔디밭이지만) 뒹구는 동안에는 아무것도 보이지 않는다. 털 뭉치에서 다리 한두 개가 불쑥 삐져나오거나, 가끔 울부짖는 소리가 터져 나오거나, 둘 중 하나가 의기양양하게 내젓는 꼬리가 휙 스쳐 갈 뿐이다. 양 선수는 거칠게 으르렁대며 네 발로 상대를 덮쳐누르고, 보통은 먼저 빠져나온 이리스가 아직 성이 안 풀린 다셴카에게 맹렬하게 쫓기며 마당을 세 바퀴나 빙빙 돈다. 그러면 다시 레슬링이 시작되는 것이다. 당연한 일이지만 이리스는 싸우는 척만 할 뿐 정말로 새끼를 물진 않는다. 하지만 다셴카는 싸움에 열중한 나머지 온 힘을 다해 어미를 물어뜯고 할퀴고 깨물기 때문에 가엾은 이리스는 시합할 때마다 털이 한 움큼씩 빠진다. 어미가 상처를 입고 지칠수록 다셴카는 튼튼한 털북숭이로 자라는 것이다. 엄마라면 모두 동의

하겠지만, 아이들이란 정말이지 골칫거리다.

가끔은 이리스도 쉬고 싶은 마음에 격투기 유망주 딸내미를 피해 숨곤 한다. 그러면 다센카는 빗자루와 씨름하거나 행주와 격렬한 전투를 벌이거나 과감히 인간의 발을 공격한다. 집에 손님이 오면 다센카는 번개처럼 달려 나가 다리에 매달려 바짓단을 찢어 놓는다.

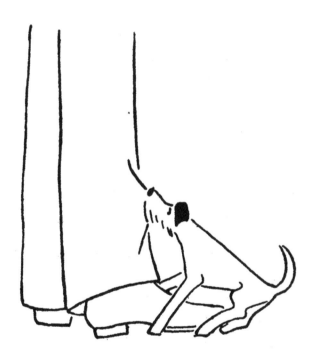

다센카

손님은 '이 녀석, 저리 가!'라는 표정으로 억지웃음을 짓지만, 우리에겐 자기도 개를 좋아하고 특히 바짓단에 매달릴 때가 가장 좋다며 호언장담한다. 가끔 다셴카는 손님의 신발에 덤벼들기도 하는데, 다섯까지 세기도 전에 끈을 전부 풀고 끄집어내 갈기갈기 찢어 놓을 수도 있다. 정말 신나는 일이다(손님이 아니라 다셴카에게 말이다).

다셴카는 '리듬체조'와 다리 스트레칭도 즐겨 한다 (뒷발로 귀 뒤나 턱밑을 긁고 털 속의 이를 입으로 잡아낸다). 이런 운동은 다셴카의 몸을 우아하고 유연하게 만들어 주며 곡예 실력도 향상시킨다.

그런가 하면 화단에서 땅파기 연습도 한다. 쥐잡기 테리어의 혈통을 물려받은 만큼 구멍을 파고 쥐를 잡는 법을 연습하는 것이다. 가끔은 다센카가 파 놓은 구덩이에서 녀석의 꼬리를 붙잡고 끄집어내야 할 때도 있다. 다센카는 무척 재미있어 보이지만, 나는 그렇지 못하다. 화단에 만개한 백합 대신 개 꼬리가 솟아 있는 광경은 솔직히 말해 다소 짜증스럽기 때문이다. 다센카, 내 생각에 너는 더 이상 우리와 함께 살 수 없겠구나. 아무래도 네가 이 집을 떠나야 할 것 같다. '그래.' 어미 이리스가 아련한 눈빛으로 말한다. '이젠 애랑 같이 못 지내겠어. 내 꼴 좀 봐. 온통 야위고 너덜너덜해졌잖아. 나도 슬슬 새 털옷을 장만해야겠어. 게다가 난 이 집에서 5년이나 내 역할을 충실히 해 왔는데 다들 요 말썽꾸러기만 귀여워하고 나한텐 전혀 신경 쓰지 않아서 우울했다고. 사실 나는 필요한 만큼 충분히 먹지도 못해. 얘가 자기 몫뿐만 아니라 내 몫까지 먹으려 드니까. 맞아, 인간. 얘를 어디 다른 곳으로 보낼 때가 됐어.'

그리하여 낯선 사람들이 다센카를 데리러 왔다. 그들이 다센카를 가방에 집어넣고 떠날 때까지 우리는 열심히 다센카를 칭찬했다. 정말 귀엽고 똑똑하고 얌전한

강아지라고, 이런 강아지는 또 없을 거라고 말이다(그 날만 해도 다셴카는 온실 창문을 깨뜨리고 글라디올러 스 화단 전체를 헤집어 놓았지만). 잘 지내렴, 다셴카. 착하게 굴어야 한다.

우리 집에 평화가 찾아왔다. 다행이다. 그 말썽꾸 러기가 뭘 망가뜨리나, 무슨 장난을 치나 초조해하는 것도 이제 끝이다. 고맙게도 다셴카는 떠났으니까! 하 지만 갑자기 집 안 분위기가 착 가라앉은 것 같다. 왜일 까? 우리는 서로 눈길을 피하려고 애쓴다. 우리의 시선 이 집 안 구석구석을 훑지만, 이제 그곳엔 아무것도 없 다. 오줌 웅덩이조차 하나도 보이지 않는다……

개집에서는 털이 빠지고 지친 어미 이리스가 눈을 껌벅이며 조용히 울고 있다.

### 강아지 사진 찍는 법

딱 잘라 말하겠다. 이것은 강아지에게도 사진사에게도
엄청난 인내가 필요한 일이다.

　강아지가 우유 그릇을 핥아먹는 감동적인 광경을
보았다고 치자. 마침 햇빛도 딱 좋게 비친다. 당신은 이
멋진 장면을 영원히 간직하기 위해 사진기를 가지러 달
려간다. 하지만 돌아와 보면 당연하게도 이미 그릇은
비어 있다. "빨리 다셴카의 우유 그릇을 도로 채워 줘."

사진사는 지시하며 능숙한 솜씨로 렌즈를 조정하고 당당하게 두 번째 그릇을 핥으려는 다셴카에게 초점을 맞춘다. "그래, 딱 좋아." 사진사는 숨을 깊이 들이쉬지만, 바로 그 순간 사진기에 필름 넣는 걸 깜박했음을 깨닫는다. 필름을 넣고 나면 다셴카는 이미 두 번째 그릇도 해치운 상태다. "한번 더." 사진사가 지시하며 재빨리 초점을 맞춘다. 하지만 이미 다셴카는 배가 불러 더는 못 먹겠다고 결심한 듯하다. 다셴카가 결심하면 그걸로 끝이다. 아무리 구슬려도, 우유 그릇을 코끝에 갖다 대도 소용없다. 사진사는 한숨을 푹 내쉬며 사진기를 제자리에 갖다 놓는다. 그러면 다셴카는 자신의 승리에

흐뭇해하며 세 번째 그릇도 깨끗이 비운다.

좋아, 다음번엔 반드시 사진기에 필름도 넣고 완벽하게 준비해야지. 지금이다! 실컷 뛰어다니던 다센카가 한순간 가만히 앉아 있다. 서둘러 초점을 맞추고 셔터를 누르려는 찰나, 강아지가 갑자기 폴짝 뛰어올라 도망간다. 셔터 소리만 들리면 다센카는 항상 달아나 버린다. 100분의 1초도 안 되는 사이에 마당을 가로질러 사라지는 것이다.

이런 식으로는 안 되겠다. 다른 수를 내야만 한다. 두 이웃 사람이 다센카 옆에 서서 옛날이야기를 들려준다. 사진사가 초점을 맞추는 동안 강아지가 얌전히 있게 하려는 것이다. 하지만 다센카는 옛날이야기를 듣기보다 엄마를 뒤쫓아 달리려 하거나, 햇볕이 너무 뜨거워 낑낑대며 울기 시작한다. 결정적인 순간 고개를 홱 돌리는 바람에 사진을 현상해 보면 흰 강아지가 아니라 흰 얼룩처럼 보이는 경우도 있다. 그렇게 필름을 낭비하고 나면 다센카는 다시 차분해져 생쥐처럼 얌전히 앉아 있기 마련이다.

다센카를 토닥여 5초만이라도 가만있게 하려 했지만 녀석은 오히려 더 정신이 나간 듯 날뛰었다. 고깃조각을 뇌물로 주자 꿀꺽 삼키고는 한입 더 먹겠다며 쏜살같이 달려가는 바람에 또 실패했다. 정말이지 방법이 없었다. 단언컨대 강아지가 재롱을 부리는 모습보다 차라리 벼랑에서 떨어져 내리는 폭포나 하늘을 가르는 번개가 더 촬영하기 쉬울 것이다. 그러니 운 좋게 제대로 나온 사진 몇 장이 정말이지 귀중하다는 것을, 석탄통에서 주먹만 한 다이아몬드를 찾아내는 것과 맞먹는 행운임을 알아야 한다. 사실 나 자신도 아직 그런 다이아몬드를 찾진 못했지만, 만약에 그런 일이 생긴다면 엄청나게 놀라고 감격할 것이다.

이렇게 사진기를 갖고 노는 일에서 가장 매력적인 순간은 바로 강아지의 모습이 나타나기 시작하는 때다 (그러니까 암실에서 인화지에 말이다). 거무스름한 주둥이가, 그다음엔 새까맣게 빛나는 눈동자가, 그다음엔 짙은 색의 두 귀가 나타난다. 하지만 무엇보다 먼저 보이는 것은 역시 콧잔등이다. 뭐니 뭐니 해도 강아지니까.

따라서 사진기가 있는 사람이라면 무조건 강아지를 길러야 한다. 반대로 강아지가 있는 사람이라면 녀석을 찍을 사진기를 장만해 운을 시험해 보면 어떨까.

겁 많은 얼룩말이나 인도호랑이를 사냥하는 것보다 훨씬 유쾌하고 짜릿한 일이니까. 내 이야기는 이쯤에서 마무리할 터이니 나머지는 직접 확인해 보시길.

## 다셴카에게 들려준 옛날이야기

### 개 꼬리 이야기

들어 보렴, 다샤. 잠시만 얌전히 앉아 있으면 내가 옛날이야기를 들려줄게. 무슨 이야기냐고? 글쎄, 개 꼬리 이야기는 어떨까.

있잖아, 옛날 옛날에 폭시라는 강아지가 있었어. 어떻게 생긴 녀석이었냐고? 온몸이 하얗고 두 귀는 까만색이었단다. 눈동자도 마노처럼 새까맣고 콧등도 연탄처럼 까맸다나. 게다가 순종 테리어라는 증거로 입천장에 까만 얼룩이 있었대. 바로 너처럼 말이야. 아, 넌 전혀 몰랐구나. 언제 네가 입을 딱 벌리고 하품할 때 거울로 보여 줘야겠다. 폭시 얘기로 돌아가자면, 폭시는 꼬리가 어찌나 긴지 자기 족보와 맞먹을 정도였단다. 폭시는 꼬리를 엄청나게 빨리 휘둘러 튤립 봉오리를 딸 수도 있었지. 물론 그런 짓을 하면 안 되지만, 꼬리 힘이 그만큼 셌다는 얘기란다, 다솅카.

폭시는 아주 용감한 강아지라 누구도 두려워하지 않았어. 착한 사람이나 손님은 물지 않았지만(물론 너도 그러면 안 돼) 나쁜 사람, 아마도 강도의 인기척이 들리면 달려 나가 그놈을 물곤 했단다. 목덜미를 꽉 깨문 채 강도가 만신창이가 될 때까지 놓아 주지 않았지. 어느 날 폭시는 돌로 만든 개집에, 아니 산속 동굴에 무시무시하고 잔인한 용이 산다는 이야기를 들었어. 용이 뭔지 아니? 뭐랄까, 머리가 일곱 개 달린 사악하고 끔찍한 똥개와 비슷하단다. 동물이든 인간이든 심지어 강아지까지 마구잡이로 먹어 치우는 놈이지. 그런데 머리까지 일곱 개나 달렸다니 얼마나 무서울지 상상해 보렴.

폭시는 그 무시무시한 용을 해치우려고 길을 나섰어. 그래서 어떻게 되었을까? 폭시가 해냈을 것 같니? 물론 그렇고말고. 폭시가 훌쩍 뛰어올라 용의 귀를 물어뜯자(꼭 네가 이리스한테 하는 것처럼 말이야) 용은 울부짖으며 도망가 버렸어. 폭시는 그만큼 용감한 개였단다.

그다음에 폭시는 어딘가 머나먼 곳에 산다는 무서운 거인을 해치우러 나섰어. 인간과 개를 잡아먹는다고 악명이 자자한 거인이라 '도살자'라는 끔찍한 별명이 붙었지. 하지만 폭시는 거인이 두렵지 않았어. 폭시의 목에는 '개 반점'이 있었으니까(그건 강아지에게 엄청난 힘을 주는 신비한 마법의 표식인데 훌륭한 개라면 모두 갖고 있단다). 넌 어떻게 생각하니, 폭시가 거인을 해치웠을까? 당연하지. 폭시는 거인의 다리에 덤벼들어 바짓단을 찢어 버렸어. '도살자'는 폭시의 목에 있는 마법의 표식을 보더니 유황 냄새를 펄펄 풍기며 욕설을 퍼붓고 달아났단다. 내 이야기 재미있지, 그렇지?

용감한 폭시가 세 번째로 운을 시험하러 나선 상대는 바로 유명한 타타르족의 황제 펠리칸이었어. 폭시는 황제를 향해 무턱대고 사납게 짖어 댔지. 펠리칸은 겁이 나서 심장이 발치까지 내려앉았고 바들바들 떨다 안

경마저 떨어뜨렸어. 안경이 없어서 아무것도 보이지 않았던 황제는 폭시가 기세 좋게 흔드는 꼬리를 번득이는 칼날로 착각했지. 그래서 무시무시한 검을 뽑아 들고 폭시의 꼬리에 대항하려 했어. 그러다 그 비열한 작자가 그만 꼬리 끝을 잘라 버린 거야. 폭시는 물론 당황했지만 잘린 꼬리도 아랑곳 않고 털을 곤두세우며 황제의 정강이를 물었지. 폭시의 이빨이 발치에 내려앉은 황제의 심장을 꿰뚫었어. 황제는 그 자리에 쓰러져 죽었고 그 뒤로 다시는 나타나지 않았대.

용감한 폭시가 잔인한 타타르족 황제에게 거둔 승리를 영원히 기념하기 위해 폭시의 직계 자손인 와이어헤어드테리어는 모두 꼬리 끝을 자른단다. 그러니까 다센카 너도 때가 되면 꼬리 끝을 잘라야 해. 살짝 아프긴 하겠지만 솜씨 좋게 잘라 줄 테니 걱정 마라.

내 이야기는 이걸로 끝이란다. 얌전히 있어 줘서 고맙다.

# 테리어가 땅을 파는 이유

가만히 있으렴, 다셴카. 그렇게 꼼지락대지 말고. 초점을 맞추고 셔터만 누르면 되니까. 금방 끝날 거야. 그동안 내가 옛날이야기를 들려줄게. 테리어가 땅을 파는 이유는 뭘까? 사람들은 쥐를 잡으려는 거라고 말하지. 뭐! 너도 쥐 때문이라고 생각한다고? 넌 실제로 쥐를 본 적도 없으면서 내 화단을 마구 파헤치잖아, 이 악당아. 네가 왜 그러는지 스스로도 잘 모르지? 모를 거야. 그러니 내가 말해 줄게.

모든 순종 폭스테리어의 조상인 영웅 폭시가 타타르족 황제와의 싸움에서 꼬리를 잃은 이야기는 이미 들려줬지? 무서운 황제에게 승리를 거둔 폭시는 자기의 명예로운 꼬리 끝이 땅바닥에 떨어져 있는 걸 발견했단다. 폭시는 제 꼬리가 고양이의 장난감이 되는 게 싫어서 땅속 깊이 파묻었지. 가만있으라고 했잖니, 요 안달뱅이야.

그날 이후로 모든 폭스테리어는 위대한 조상의 영웅적인 행위를 기념해 꼬리를 짧게 자르지. 하지만 꼬리가 길게 늘어진 닥스훈트는 폭스테리어의 영광스러운 전설을 질투한 나머지 그건 거짓말이라며 험담을 늘어놓고 다녔어. 현대 역사 연구를 통해 타타르족 황제와의 싸움은커녕 테리어의 조상 폭시도, 심지어 펠리칸 황제도 존재하지 않았다는 사실이 밝혀졌다고 말이야. 그 모두가 역사적 근거도 없이 순전히 꾸며낸 이야기라고 했지.

당연히 와이어헤어드테리어는 이런 무례한 거짓말을 그냥 넘길 수 없었지. 그들은 폭시 전설이 완벽한 진실이며 잘려 나간 자기네 꼬리가 그 증거라고 주장했어. 하지만 닥스훈트는 심술궂고 끈질기게 반박했지.

꼬리야 누구든 원하기만 하면 자를 수 있고, 수컷 길고 양이만 봐도 꼬리 잘린 놈이 쌔고 쌨다면서 말이야. 한마디로 영웅 폭시의 꼬리 조각을 직접 볼 때까지는 그 전설을 믿을 수 없으니 폭스테리어가 직접 그 고귀한 조상의 유물을 찾아내 영광스러운 혈통을 증명하라는 거였지.

그래서 그 뒤로 폭스테리어가 땅속 깊이 묻혀 있을 조상의 꼬리를 찾아다니는 거란다, 다셴카. 닥스훈트의 비웃음이 생각날 때마다 테리어는 열심히 땅을 파헤치고 주둥이로 흙을 찔러 대지. 혹시 조상의 꼬리가 거기 묻혀 있는지 냄새를 맡아 보려고. 그 꼬리는 여전히 발견되지 않았지만 언젠가 반드시 나타날 거야. 그러면 폭스테리어는 거대한 대리석 묘를 짓고 거기에 라틴어로 '폭시의 꼬리'라는 황금 글씨를 새겨 넣겠지.

사실은 말이야, 다셴카, 너희 폭스테리어에게서 영감을 얻어 우리 인간도 땅을 파헤친단다. 우리는 고대인의 뼈나 항아리를 찾아 박물관에 보관하지. 아니, 다샤. 네가 물어뜯는 뼈다귀 말고 감상용 말이야.

## 여우 이야기

다셴카, 잠시만 얌전히 있으렴. 내가 폭스 이야기를 들려줄게.

폭시는 역사상 가장 용감한 폭스테리어였지만, 이 세상 최초의 폭스테리어는 아니었단다. 하느님이 가장 먼저 만든 테리어는 폭스란 녀석이었지. 얼룩 하나 없이 온몸이 새하얀 개였단다. 그 녀석이 신부 들러리의 드레스만큼 새하얬던 건 애초에 하늘나라 천사의 무릎 위에서 편안히 지내도록 만들어진 개였기 때문이지. 천국에서 폭스가 뭘 먹었느냐고? 크림과 치즈를 먹었단다. 고기는 안 먹었지. 천사는 채식주의자니까. 폭스테리어가 다 그렇듯 폭스 역시 가만있지 못하는 장난꾸러기였어. 그러니 폭스가 일을 보러 천국 밖으로 나갈 때면, 맙소사! 당연한 얘기 아니냐. 천국에서는 오줌 웅덩이를 만들 수 없어. 그건 나쁜 짓이고 사실 우리 집에서도 하면 안 되는 일이야. 명심해 두렴. 일을 보고 싶을 때마다 밖으로 내보내 달라며 천국의 대문을 발로 긁었던 폭스를 본받으란 말이다. 하여간, 어디까지 얘기했더라? 아, 그래. 폭스는 하루에도 몇 번씩 천국 밖으로 나가곤 했지. 밖에 나가면 장난이 치고 싶어져서 악마와 어울려 놀았어. 아마도 악마가 자기랑 비슷한 동물이라고 생각했던 모양이지. 천사는 날개밖에 없지만 악마는 자기처럼 꼬리가 있으니까. 악마랑 뭘 하며 놀았느냐고? 초원을 맘껏 달리고, 악마의 꼬리를 깨물고, 땅바닥을 뒹굴뒹굴 구르는 등 별짓을 다 했지. 폭스가 천국의 대문 앞에 돌아와 들여보내 달라고 짖을 때면 그 녀석의 털에는 흙이 들러붙은 갈색 얼룩과 악마와 어울려 놀다 생긴 검은 얼룩이 묻어 있었어. 바로 그때부터 폭스테리어가 갈색과 검은 얼룩을 갖게 된 거란다. 몰랐지?

한번은 폭스의 친구인 꼬마 악마가(진짜 악마라기보다는 도깨비나 새끼 악령에 가까웠지만) 말했어. "있잖아, 폭스. 잠시라도 좋으니 천국을 구경해 보고 싶어. 너랑 같이 들어가게 해 줘!"

"그건 안 돼." 폭스가 대답했어. "그러면 나도 못 들어갈걸."

"이렇게 하면 돼." 악마가 대꾸했어. "날 네 입속에 숨기고 들어가는 거야. 아무도 입속은 들여다보지 않을 테니까."

마음 좋은 폭스는 그 말에 넘어가 악마를 제 입에 숨긴 채 천국으로 들어갔어. 딴청 피우듯 꼬리를 기세 좋게 흔들면서 말이야. 하지만 물론 하느님에게는 아무것도 숨길 수 없는 법이지. "내 아이들아, 아무래도 너희 중 누군가 몸에 악마를 숨기고 있는 것 같구나."

"전 아니에요, 아니에요." 천사들이 일제히 외쳤지. 하지만 폭스는 악마가 입안에서 튀어나올까 봐 아무 말도 하지 못했어. 그저 "멍" 소리만 내고 얼른 도로 입을 다물었지.

"소용없다, 폭스." 하느님이 말했어. "네가 악마를 숨기고 있는 한 천사와 함께 있을 수 없어. 지상에 내려가 인간과 함께 살아라."

그 뒤로 모든 폭스테리어의 몸에는 도깨비가 살게 된 거란다, 다셴카. 너희 입천장의 작고 검은 얼룩이 바로 그 악마 때문에 생겨난 거지. 자, 끝났다. 이제 맘대로 뛰어가려무나.

이쪽을 보렴, 다셴카. 오늘은 네가 현관에 얌전히 앉아 있는 모습을 찍을 거야.

그러니까 옛날 옛날에 알리크라는 폭스테리어가 살았단다. 근사한 흰 털에 귀는 고운 갈색이고 등에는 군데군데 멋스럽게 검은 얼룩이 있어서 마치 작은 카펫처럼 보였지. 알리크는 꽃과 나비와 생쥐가 가득한 아름다운 정원에 살았어. 정원에는 분홍색과 하얀색 수련이 피어난 연못도 있었지만, 알리크는 단 한 번도 물에 빠진 적이 없었지. 누구누구처럼 어리숙한 말괄량이가 아니었으니까.

폭풍우가 몰려오던 어느 무더운 날이었지. 개는 비가 오기 전에 풀을 먹는 습관이 있다는 건 너도 잘 알지? 알리크도 풀을 먹었단다. 그런데 무슨 일이 생겼는지 아니? 그 풀에 라틴어로 '기적의 마법'이라 불리는 식물의 풀잎이 섞여 있었던 거야. 알리크는 아무것도 모르고 그 잎을 꼭꼭 씹어 삼켰지. 바로 그 순간 알리크는 갈색 곱슬머리에 살갗이 흰 아름다운 왕자님으로 변했단다. 물론 등에는 멋스러운 까만 반점이 있었지. 알리크는 자신이 이제 개가 아닌 왕자로 변했다는 사실을 전혀 모르고 뒷다리로 귀 뒤를 긁으려다 발에 황금 구두를 신고 있다는 걸 깨달았지. 잠깐만, 어디 가니, 다샤!

(이야기가 최고로 흥미진진해지려는 순간 다셴카는 더 듣지 않고 참새를 쫓아가 버렸다. 따라서 알리크 이야기도 거기서 끝나 버렸고, 그 결말은 아무도 모른다.)


## 도베르만 이야기

폭스테리어 말고도 꼬리를 짧게 자르는 개가 있지. 예를 들면 도베르만 같은. 도베르만이 어떻게 생겼는지는 너도 알 거야. 촌스러운 검은색이나 갈색에 다리는 껑충하니 길고 꼬리는 몸에 아주 가깝게 바짝 자른 녀석이지. 하지만 도베르만은 폭시를 기념해서 그런 게 아니야. 천만에! 얌전히 앉아 있으면 도베르만의 꼬리가 왜 짧아졌는지 얘기해 주마.

옛날 옛날에 기억도 안 날 만큼 멍청한 이름을 가진 도베르만이 살았단다. 그 녀석은 제 이름만큼 멍청

해서 아는 놀이라고는 꼬리를 쫓아 빙빙 도는 것밖에 없었지. "잠깐만 기다려." 녀석이 으르렁댔어. "딱 한입만 깨물게 해 줘." "안 돼." 꼬리가 대답했지. "좀 기다려 달라니까, 안 그러면 화낸다." 도베르만이 짖어 대면 꼬리는 비웃으며 대꾸했어. "싫다니까."

도베르만이 위협했어. "기다리지 않으면 널 먹어 치울 거야!"

"어디 한번 해 보든가." 꼬리가 응수했지.

그 말에 화가 치민 도베르만은 확 덤벼들어 제 꼬리를 덥석 물어뜯어 버렸어. 사람들이 달려와 녀석을 빗자루로 혼쭐내지 않았다면 제 몸 전체를 꿀꺽했을지도 몰라.

그 뒤로 사람들은 도베르만의 꼬리를 최대한 바짝 잘랐지. 녀석이 제 꼬리를 먹어 치우지 못하도록 말이야.

이야기는 이걸로 끝이란다. 오늘은 빨리 끝났지, 안 그러냐?

아니야, 그레이하운드는 하느님이 만든 개가 아니란다. 그럴 리가 없지. 그레이하운드는 어느 산토끼가 만들었단다. 하느님은 태초에 모든 동물을 만들면서 가장 아끼고 사랑했던 개를 마지막까지 미루어 두었지. 그리고 좀 더 빨리 만들려고 세 가지 무더기를 미리 준비했어. 뼈, 살, 털 무더기를 말이야. 마침내 개를 만들기 시작한 하느님은 제일 먼저 폭스테리어와 와이어헤어드테리어를 만드셨지. 그래서 너희가 그렇게 똑똑한 거야. 하느님이 나머지 개를 만들려는 순간 정오를 알리는 종이 울렸지. "좋아." 하느님이 말했어. "종도 쳤으니 잠시 쉬어야겠군. 어쨌든 1시에는 다시 시작할 거니까." 그러고는 휴식을 취하러 갔지.

바로 그때 산토끼가 뼈 무더기를 폴짝 뛰어넘었어. 그러자 뼈들이 부스럭거리며 날아오르더니 멍멍 짖으며 산토끼를 쫓아갔어. 이렇게 해서 그레이하운드가 만들어졌단다. 그래서 그레이하운드는 뼈밖에 없고 살이라곤 다 합쳐 봐야 한 줌도 안 되는 거야.

한편 살 무더기는 배가 고파져서 이리저리 꿈틀거

리며 그르렁대기 시작했어. 그렇게 해서 불도그(복서라고도 하지)가 만들어졌고, 불도그 몸에는 살밖에 없는 거야.

그 광경을 본 털 무더기도 수군거리다 먹을 걸 찾으러 가 버렸어. 그렇게 해서 털북숭이 세인트버나드가 만들어졌단다. 남아 있던 털 무더기에서 역시 털북숭이인 푸들이 만들어졌고, 그러고도 남은 털은 작은 페키니즈가 되었지.

1시에 하느님이 세 무더기가 있던 자리로 돌아와 보니 거의 아무것도 없었어. 긴 꼬리 하나, 귀 두 개, 조그만 다리 넷, 커다란 몸통 하나만 남아 있었지. 그걸로 대체 뭘 할 수 있었겠니? 맞아, 하느님은 닥스훈트를 만드셨단다.

명심해, 다셴카. 그레이하운드, 불도그, 세인트버나드, 푸들 따위에게는 관심 가질 필요도 없어. 그 녀석들은 네 수준에 맞는 짝이 아니니까. 오늘 이야기는 이걸로 끝!

# 개의 버릇

오늘 들려줄 얘기는 옛날이야기가 아니란다, 다셴카. 백 퍼센트 엄연한 진실이지. 너도 자라서 똑똑한 개가 되고 싶겠지. 그러니 잘 들어 보렴.

수백 수천 년 전에는 개와 인간이 같이 살지 않았단다. 그때는 인간이 아직 야만적이어서 같이 살기 힘들었거든. 개는 자기들끼리 무리를 지어 살았는데, 사슴과 달리 숲속이 아닌 넓은 초원에서 지냈단다. 스텝이나 프레리라고 하는 곳 말이야. 그래서 지금까지도 개가 풀밭이라면 무조건 좋아하고 귀가 펄럭거릴 때까지 풀 위를 질주하는 거야.

혹시 알고 있니, 다셴카? 개가 어째서 잠자기 전에 세 바퀴를 빙빙 도는지. 옛날에 개가 살던 초원에서는 길게 자란 풀을 꼭꼭 밟아 다져야 편히 누울 만한 잠자리를 만들 수 있었거든. 그래서 오늘날 너처럼 안락의자에서 자는 개도 똑같은 버릇을 갖게 된 거지.

개가 밤마다 서로 짖어 대는 이유는 뭔지 아니? 초원에서 자기 무리를 찾으려고 서로 신호를 보내던 습관 때문이란다.

개가 돌이나 나무 그루터기만 보면 다리를 들고 오줌을 누는 이유는 뭘까? 초원에서 오줌 냄새로 같은 무리의 개가 지나간 자취를 파악했기 때문에 항상 돌에 오줌을 갈겨 놓았던 거야.

개가 뼈다귀나 빵 껍데기를 땅에 묻는 건 어째서일까? 기근이 들었을 때 먹을 식량을 비축해 두려고 천 년 전부터 해 왔던 습관이란다. 너희가 예전에도 얼마나 똑똑했는지 알겠지?

그런데 개는 어쩌다 인간과 같이 살게 되었을까? 이렇게 된 거야. 인간은 개가 무리 지어 지내는 걸 보고 자기들도 무리 지어 살기 시작했어. 인간은 동물을 많이 잡았기 때문에 주거지 주변에 뼈다귀가 잔뜩 널려 있곤 했지. 개는 그걸 보고 생각했어. '인간 옆에 항상 뼈다귀가 쌓여 있는데 우리가 직접 사냥을 할 필요가 있나?' 그 뒤로 개는 인간 무리와 함께 움직이기 시작했고, 그리하여 개와 인간이 공존하게 된 거야.

이제 개는 자기들끼리 지내는 대신 인간 무리에 속하게 되었지. 함께 사는 인간을 같은 무리로 여기고 자기 동료처럼 사랑하게 된 거야.

자, 이제 가서 저 풀밭을 마음껏 달려 보렴. 저기가

바로 너의 초원이니까.

## 인간 이야기

어쩔 수 없어, 다샤. 넌 이제 낯선 사람들과 함께 떠날 테고, 우리 가족이 아닌 다른 무리에 속하게 될 거야. 그러니 내가 너한테 인간에 관해 몇 가지 알려 주마.

인간은 악하다고 단언하는 동물도 있지. 심지어 인간 스스로 그렇게 말하는 경우도 많아. 하지만 그 말을 믿진 말렴. 인간이 정말로 악하고 무자비하다면 개는 인간과 함께 살려 하지 않았을 테고, 너도 지금쯤 초원에서 자유로이 살고 있겠지. 하지만 너희가 지금까지 인간과 잘 지내는 걸 보면 천 년 전의 인간도 개를 쓰다듬고 귀를 긁어 주고 밥을 줬던 게 분명해.

인간도 다양한 종류가 있어. 어떤 인간은 덩치가 크고 사냥개처럼 굵직한 목소리로 짖어 대며 종종 턱수염도 기른단다. 소위 '아빠'라는 종류지. 그들을 잘 따르도록 하렴. 그들은 보통 가족이라는 인간 무리를 이끄는 역할을 하기 때문에 살짝 무서울 수도 있지만, 네가 착하게 군다면 해치기는커녕 네 귀를 긁어 줄 거야.

너도 그거 좋아하지, 안 그러냐?

덩치가 조금 작고 가는 목소리로 짖고 주둥이가 수염 없이 매끄러운 인간도 있어. '엄마'라는 이 종류의 인간도 잘 따라야 해, 다센카. 너한테 밥을 주고 가끔은 털에 빗질도 해 주는 데다 널 쓰다듬어 주고 다치지 않게 돌봐 줄 테니까. 그들의 앞발은 정말로 부드럽고 따뜻하단다.

그런가 하면 거의 너만큼 작고 강아지처럼 낑낑거리며 우는 인간도 있지. '아이'라는 종류인데, 너랑 놀아 줄 테니 그들하고도 잘 지내는 게 좋아. 네 꼬리를 잡아당기고, 풀밭에서 함께 달리고, 하여간 같이 있으면 엄청 재미있을 거야. 보다시피 인간 무리는 각각 역할이 잘 나누어져 있지.

가끔은 길에서 다른 개와 어울리기도 할 거야. 그 녀석들은 네 동족이자 한 핏줄이니 같이 있으면 즐겁고 유쾌하겠지. 하지만 네게 가장 편안한 곳, 너의 진정한 자리는 인간이 있는 곳이란다. 너와 인간을 이어 주는 건 핏줄보다 더 아름답고 강한 것, 바로 믿음과 사랑이니까.

자, 그럼 이만 가 보렴.

와이어헤어드
폭스테리어

개 경연대회

모든 전시회가 그렇듯 개 경연대회 역시 한편으로는 일반 대중에게 정보를 보급하고 한편으로는 상을 수여하는 데 목적이 있다. 물론 우리의 경우 정보 쪽에만 관심이 있지만 말이다. 예를 들어 개 경연대회에서는 순종에 관해 배울 수 있다. 순종은 무엇보다도 경연대회 출전을 인정받았다는 사실로 구별되며, 때문에 견주는 하나같이 개 번식 전문가이자 아마추어 애견학자를 자처한다는 특징이 있다. 견주는 번듯한 협회나 단체의 회원이 됨으로써 자신의 신분을 과시한다. 개의 종류와 관련해서는(체코에 한정하면) 이런 단체가 있다. 프라하 복서 사육자 모임, 그레이하운드 협회, 와이어헤어드테리어 클럽, 소형견 애호가 모임, 체코슬로바키아 그레이트데인 클럽, 비어디드테리어☞① 협회, 독일셰퍼드 클럽, 체코슬로바키아 세인트버나드 클럽, 사냥개 번식 중앙회, 경찰견과 희귀견 협회. 이 밖에도 푸들, 포

스피츠

메라니안, 달마티안, 보리셰크, 에스키모견 등이 있지만 아직 관련 단체나 협회가 조직되지는 않았다. 애견학이 더 발전하면 이런 조직도 생길지 모른다. 닥스훈트 사육자 상조회, 테리어 사육자 상조회, 수상 경력이 없는 복서 사육자 친목회, 줄무늬 그레이트데인 클럽, 흰점박이 블루그레이트데인 클럽, 파이볼드데인☞②

☞① 턱에 긴 털이 자라 수염을 기른 것처럼 보이는 테리어.
☞② 얼룩무늬가 있는 그레이트데인.

클럽, 얼룩 폭스하운드 독립협회, 가축 우리 철폐 연맹, 몰티즈 여성 사육자를 위한 기독교 자선단체, 보르조이 사교 모임 등등. 이쯤 해두자. 애견학의 가능성은 개인의 상상력을 뛰어넘으니까. 순종 사육자는 경연대회에 출전한 개를 훑어보는 표정만으로도 알아볼 수 있다.

중량급 복서

게다가 그들은 저런 똥개는 천금을 줘도 가질 생각이 없다느니, 저 녀석은 귀를 좀 더 제대로 세우지 않으면 안 되겠다느니 하며 떠들기 마련이다. 경연대회에서 개는 묶여 있는 반면 견주는 마음대로 돌아다녀도 된다. 견주의 명예를 위해 말해 두자면, 세심한 훈련을 받은 덕분에 대부분이 자기 개의 우리에서 좀처럼 떨어지지 않으며 아주 가끔 경쟁 사육자를 물거나 위협하려고 자리에서 움직일 뿐이다. 내가 확인한 바에 따르면 경연 대회에서 순종 복서 사육자는 잉글리시 그레이하운드(예를 들자면) 사육자 근처에서는 콧방귀조차 뀌지 않지만, 정작 그들의 개는 무심하기만 하다. 하지만 잘 알려져 있듯 우리 인간은 인종, 종교, 국적 문제를 유독 중요하게 여기니까.

애견학에는 전문가와 아마추어가 공유하는 여러 특징이 있다. 일단 대화할 때 평소와는 다른 용어를 사용한다. 예를 들어 코나 입 대신 '주둥이', 털 대신 '피모', 꼬리 대신 '말단부', 누렁개 대신 '황갈색 개'라는 말을 쓴다. 그 밖에도 '상순'上脣, '두개'頭蓋 등 다양한 경연대회 용어가 있다. 그러니 순종 견주라면 개가 '꼬리를 흔든다'고 말하는 대신 '말단부를 움직인다'고 해야 한다.

하지만 애견학의 주된 활동 목적은 다른 데 있으니, 바로 중매다. 이 과정에서 가장 중요한 역할은 개가 아니라 견주가 맡는다. 암컷을 키우는 사람이라면 경솔한 자유방임주의로 악명 높은 자연이 이 문제에 섣불리 끼어들까 노심초사할 것이다. 반면 수컷을 키우는 쪽은

암컷과 제대로 짝지어 줘야 보상을 얻을 수 있다는 것
말고는 전혀 신경 쓸 일이 없다. 이런 개의 결합으로 태
어난 강아지는 이와 같은 아찔한 명칭을 부여받는다.
'베너시 폰데어로젠베르크의 종견 아마겟돈 집시 카토
하코웨이. 1930년 11월 3일 출생. 부친: '여행자 휴게

슈나우저

소의 사탄'. 모친: 틸다 폰 하우텐 데라아델스부르크.'
　만약 이런 혈통증명서 없이 문제의 강아지 아마겟
도나(혹은 더 친근하게 '에이미')를 팔려고 한다면 적
어도 수백 코루나는 손해를 볼 각오를 해야 한다.
　순종 강아지를 키우는 일은 엄밀히 말해 취미의 범
주에 든다고 보기 어렵다. 모든 것이 순전히 운에 달렸

기 때문이다. 강아지에게 무엇을 먹여야 하는지, 훈련할 때 엉덩이를 때려야 하는지 아닌지에 관해서도 전문가마다 견해가 제각각이니까. 모든 취미에는 절대적이고 확고한 규칙이 있기 마련이다. 그런 규칙이 없고 견해가 서로 갈린다면 그 분야는 취미가 아니라 과학이라고 해야 한다. 그러면 개 키우기는 과학적 문제가 되고, 강아지에게 비스킷을 먹여야 하는지 혹은 (녀석이 비스킷을 안 먹는다면) 날고기, 비타민 혹은 장갑을 먹여야 하는지는 계속 논란거리로 남을 것이며, 우리는 그런 과학적 토론에 끼어들지 않는 게 낫겠다는 결론을 내릴 것이다.

반면 개 경연대회 출전은 완벽한 취미 활동이자 애견학의 정점이다. 개 경연대회가 취미의 영역에 속하는 이유는 치열한 경쟁과 일등상을 향한 야심찬 노력 때문이지만, 또한 견주가 일등상을 못 받으면 경쟁 자체와 심판의 공정성을 부정하려 들기 때문이기도 하다. 이 귀족적인 경쟁에서 개는 비교적 의기소침하고 차분한 태도를 유지하는 반면, 견주는 무섭게 흥분하고 초조해서 진땀을 흘리며 허튼소리를 지껄인다. 자기 개가 더 당당한 자세를 취하도록 이리저리 끌고 다니는 견주를 보면 그들의 장남이 출생증명서를 받았을 때도 그보다 열성적이진 못했을 듯싶다. 자기 개가 일등상을 못 받았다는 것은 견주에게 개인적 모욕이나 드높은 야망의 파멸과 같다. 그 순간부터 그들은 세상을 기피하고 자신이 부당하게 떠밀려 과소평가를 받았다고 생각하

그레이하운드

며 애견학, 정치, 나아가 사회 전반에 원한을 품는다. 경연대회가 진행되는 동안 견주는 온 가족을 데리고 자기 개의 우리에 들어가 있는데, 그래야 '우리 피피가 외롭지 않을' 것이기 때문이다. 개는 주인을 닮기 마련이고 주인도 개를 닮는다는 말이 있지만, 내가 조사한 결과로는 그저 속설에 지나지 않는 듯하다. 견주는 다리와

귀 모양, 얼굴, 반점 위치, 심지어 성별도 자기 개와 전혀 다른 경우가 많다. 경연대회에 나온 개는 몸을 둥글게 말고 잠을 자며 대부분의 시간을 보내는 반면, 견주는 개의 발치에서 보초를 서며 누군가 감히 다가올 때마다 경고하듯 으르렁거린다.

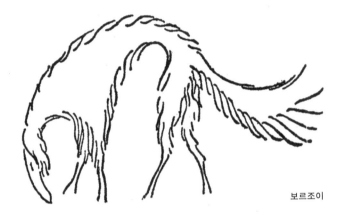

보르조이

이 취미 활동에서 가장 힘든 부분은 물론 훈련이다. 나는 오랫동안 잘 훈련받은 여러 신사 숙녀가 대회 진행자의 지시에 따라 전진하고, 빠르게 걷고, 정지했다 돌아서고, 셰퍼드나 도베르만의 목줄을 잡아당기는 광경을 지켜보았다. 진행자가 지시만 한다면 기꺼이 장애물을 뛰어넘거나 별별 기상천외한 묘기도 시도할 기세였다. 하지만 견주보다 개의 기량을 선보이기 위한 훈련도 있긴 하다. 전반적으로 이러한 신사 숙녀는 지시를 수행하는 이상으로 진행자에게 복종하려는 열성을 보인다. 타고난 지능 때문인지, 아니면 칭찬받으려는 욕망이 개보다 오히려 주인의 특성이기 때문인지 모르겠다.

내가 관련 문헌(그러니까 경연대회 카탈로그)을 통해 확인한 바에 따르면 견주의 출신 배경은 상당히 다양하다. 백작, 사냥터지기, 기업 임원, 공무원, 유한계급 여성이 특히 많지만 그 밖에도 제법 다양한 계급과 국적의 사람이 참가한다. 보르조이는 거의 여성만 키우며 슈나우저는 독일인이, 삽살개를 비롯한 털북숭이 개는 귀족이 전담하지만 도베르만과 울프하운드 견주의 사회계층은 비교적 다양하다. 반면에 목사, 국회의원, 대학 교수, 정부 부처장 같은 견주는 한 번도 보지 못했다. 잘 모르지만 이런 직종에 있는 사람은 대회 출전을 위해 훈련할 절제력이 부족하거나, 테리어 부문에서 일등상을 꿈꿀 만큼 야심차지 않은 모양이다.

물론 견주는 애견학의 반쪽에 지나지 않는다. 나머지 반쪽은 바로 개다.

개의 종류에 대해 말하자면, 우선 지금은 사라져 버린 견종의 아련한 기억을 돌이켜 보자. 첫 번째로 체코 토종개였던 보리셰크가 있다. 다정한 눈빛, 친근하고 힘차게 말려 올라간 꼬리, 누르스름하거나 구운 빵처럼 갈색을 띤 털. 보리셰크는 털가죽이 매끄러운 퍼그와 스피

페키니즈

츠의 잡종으로 추정되며, 지극히 도시적인 두 견종의 털색과 영리함, 독립성을 물려받았다. 보리셰크는 무엇보다 마차꾼의 개로 명성을 떨쳤다. 자기가 말을 몰기라도 하는 양 마부석에 나란히 앉아 있곤 했던 것이다. 마차가 마을에 들어서면 보리셰크는 냉큼 거세한 말의 등에 뛰어올라 머리에서 꼬리까지 왔다 갔다 하며 당당한 입

성을 알리듯 이쪽저쪽으로 거만하게 짖어 댔다. 지금은
마차꾼의 개도 사라졌고, 시골의 보리셰크도 쥐새끼처
럼 못난 울프하운드 잡종에게 밀려나 버렸다. 이제 보리
셰크는 존재하지 않는다. 순종은 아니었지만 이 시대엔
좀처럼 찾아볼 수 없는 개다운 개였다.

복서

　게다가 이젠 퍼그도 드물어졌다. 심술궂게 보이는
콧잔등의 까만 얼룩무늬만 빼면 온몸이 멋진 갈색인 이
개는 성격이 어리숙하고 잘 흥분한다고 알려졌지만, 한
때는 응접실에서 여성에게 엄청난 귀여움을 받았다. 목
에 리본을 달고 털은 곱게 빗질하고 돌돌 말린 꼬리와
냉소적인 콧대를 치켜들고 다니던 스피츠나 포메라니

안도 비슷한 처지다. 영리하고 다소 변덕스러우며 독신
녀를 닮은 이 개들도 분명히 줄어드는 추세다. 애폴드
라는 어느 현자들의 마을에서 푸들 번식을 역사적 사명
으로 내걸고 애쓰지 않았다면 심지어 푸들조차 세상에
서 사라져 버렸을지 모른다. 이 마을은 귀가 길게 늘어

보리셰크

지고 턱수염이 곱슬곱슬하며 아스트라한 양만큼 털가
죽이 빽빽하고 꼬불꼬불한 검은색 혹은 흰색 푸들의 탄
생지다. 스피츠와 푸들이 페티코트, 프릴, 주름 장식, 플
란넬 속옷 같은 보온성 높고 거추장스러운 복식과 동시
에 유행에서 밀려났다는 사실은 과학적 이론으로 증명
될 수 있을지도 모른다. 그렇다면 퍼그가 사라진 이유

는 무엇이며, 낭창낭창한 이탈리안 그레이하운드가 눈에 띄지 않게 된 이유는 무엇일까? 아마도 원인은 더 근본적인 차원에 있으리라. 퍼그나 스피츠와 함께 옛 도시의 봉건 질서도 스러지고 저택 응접실에서 손님을 맞던 개 대신 사냥개가 인기를 끌게 된 것이다. 원래 목양

푸들

견이었지만 쇠퇴해 가는 옛 부르주아의 집에서 장식품 역할을 맡았던 스코치 콜리도 이젠 좀처럼 찾아보기 힘들다. 요즘은 테리어처럼 털이 덥수룩한 종이 다시금 인기를 끌고 있지만, 유순한 털북숭이 풀리☞①는 일찌감치 사라져 버렸다. 트로이의 운명이여! 유럽은 문화의 묘지인 만큼 견종의 묘지이기도 한 것이다.

---

☞① 헝가리의 토종 목양견.

오래된 견종 중에 세인트버나드는 아직도 드물게나마 눈에 띈다. 지극히 진지하지만 매우 관대한 성격의 이 개는 벗겨질 듯 헐렁하고 거친 거죽을 걸치고 게으르게 축 늘어져 있다. 세인트버나드는 르네상스 시대의 대저택 앞에 앉아 개가 가질 법한 수수께끼(예를 들자면 죽음 뒤엔 무엇이 올까 혹은 인간은 왜 그리 시끄럽고 정신이 없는 걸까)를 묵상하는 모습이 가장 잘 어울린다. 이따금 녀석의 축 늘어지고 주름 잡힌 혓바닥에서 커다란 침방울이 뚝 떨어질 것이고, 사려 깊지만 핏발 선 눈은 무심하게 끔벅댈 것이다. 덩치가 큰 만큼 느긋할 수밖에 없는 세인트버나드는 부드럽고 위엄 있는 태도로 햇볕 아래 한층 더 몸을 늘어뜨리며 혼자만의 몽상을 이어 가리라.

물론 사냥개 중에도 아직 유서 깊은 견종이 여럿 남아 있다. 갈색 하운드, 얼룩무늬 강낭콩 같은 포인터와 세터, 털이 비단결 같은 스패니얼. 나는 사냥꾼의 은어에 조예가 깊지 못한 만큼 이런 개에 관해서도 잘 알지 못한다. 하지만 모두 보기에 충분히 멋지고 근사하며 가슴팍과 네 다리가 튼실한 근육질이다. 인간이 감탄하며 손을 얹으면 그들은 유쾌하게 머리를 까딱거린다. 익살맞지만 용감한 닥스훈트도 여전히 잘나가는 견종이다. 짧고 굽은 다리로 굳건히 버티고 서서 길쭉한 꼬리를 흔들어 대는 닥스훈트는 제멋대로에다 교활하고 음흉한 소형견으로 똑똑하지만 완고하고 자기중심적이며 모든 규칙에 유쾌한 경멸을 드러낸다.

개의 목록에서 양극단에 위치하는 두 견종은 여전히 오래된 관습을 고수하고 있다. 독일의 멧돼지 사냥개였던 그레이트데인은 터무니없게 크고 무시무시해서 시라쿠사의 폭군이나 브라질의 대농장을 지키는 데는 제격이었겠지만 요즘 세상에는 그리 어울리지 않는 듯하다. 게다가 그레이트데인 견주는 왠지 자신이 남들과는 다르다고 생각하는 것처럼 보인다. 그 반대쪽에는 가장 작은 견종이라 할 수 있는 말썽꾸러기 토이테리어가 있다. 심술궂고 거만하며 어리숙한 이 개는 눈이 툭 튀어나와 도깨비처럼 보인다. 짧은 다리로 종종걸음을 치며 목에 걸린 방울을 흔들어 대고, 탁탁 끊기며 귀에 거슬리는 소리로 왈왈 짖는다. 어쩔 수 없는 일이다. 하느님은 개를 만들 때도 중용을 택했으니, 너무 크거나 작은 개는 개라면 마땅히 가져야 할 성실함과 총명함과 붙임성을 잃어버린 것이다. 사실 그들은 제대로 된 개라고 말할 수 없다.

　털가죽이 매끄러운 이탈리안 그레이하운드와 잉글리시 그레이하운드도 점차 줄어드는 추세다. 실용적 가치라곤 전혀 없는 이 견종은 귀족적이고 자기 영역을 잘 벗어나지 않으며 이기적인 허영쟁이로, 다리 사이로

토이테리어

축 늘어진 야위고 짧은 꼬리를 항상 바들바들 떨고 있다. 19세기 말에 인기를 누렸던 러시안 울프하운드, 일명 보르조이도 어느새 자취를 감춘 듯하다. 과시적이고 머리가 나쁜 이 개는 모피 목도리 대신 목에 두르고 다니면 좋을 듯하지만, 이젠 모피 목도리도 유행이 지난 지 오래다. 보르조이는 생기 없고 퇴폐적인 매력을 지

닌 여성과 특히 잘 어울리지만, 속세에 지친 듯 나른한
자세로 가을철 공원을 배회하는 남자와도 썩 어울린다.

반면에 유감스럽게도 요즘에는 아는 사람이 거의
없는 견종이 있으니, 스테이블테리어라고도 불리는 슈
나우저가 그런 예다. 멋진 턱수염과 술 같은 꼬리가 달

포인터

린 흑백 얼룩무늬 털북숭이로, 활달하고 유쾌하며 싸움
도 잘하는 타고난 경비견이다. 그야말로 개다운 개인
데다 영리하기까지 하니 더 인기를 끌어야 마땅하다.
세상에서 가장 활기찬 눈빛의 슈나우저를 육성하는 데
헌신하는 호르슈프 티네츠 지역에 은총이 있길 바랄 뿐
이다.

이제는 좀 더 현대적인 견종으로 넘어가 보자. 1차 대전 이전에는 그리 인기가 없었지만 이젠 잡초만큼이나 흔해진 개 말이다. 집집마다 거리마다 도베르만이나 울프하운드 같은 경찰견이 넘쳐나도록 만든 이들에게 마땅한 벌이 내리기를! 그 녀석들은 우리의 작은 집에 살기에는 너무 덩치가 크고 도시에서 지내기엔 너무 기운이 넘친다. 하루에 60킬로미터도 넘게 돌아다니는 경찰관이야 별 문제 없겠지만, 운동이라면 동네 한 바퀴 도는 게 끝인 시의원에겐 어울리지 않는 개다. 테리어를 지나치게 뻥튀기해 놓은 것처럼 생긴 도베르만은 경찰견으로서 지능을 인정받아서인지 꽤나 거만하지만, 다른 면에서는 독일 귀족만큼이나 멍청하다. 독일셰퍼드는 아름다운 늑대를 닮았지만 도시에서는 표범마냥 우리에 가둬 놓아야 마땅하다. 인간 세상에서 자랑할 만한 개를 키우고 싶다면 슈나우저나 테리어나 토이불 도그처럼 부엌과 거실을 왔다 갔다 하는 것으로 만족하는 집개를 택하도록 하자. 아니면 잊혀 가는 스피츠나 푸들, 아펜핀셔☞①를 되살리는 것도 좋겠지만, 대자연에서 살아갈 운명인 다리 긴 야수를 집이라는 형무소에 가두고 고문해 유해하고 병약한 짐승으로 퇴화시키지

☞① 독일의 토종 소형견. 주로 쥐를 잡는 데 이용되었다.

는 말자.

여성이 쿠션처럼 껴안기 좋아하는 개도 있다. 털이 부드럽지만 버릇없고 예민하며 눈이 툭 튀어나온 파피용은 팔에 끼고 다니는 개로 유명하다. 페키니즈, 그리펀, 털이 구불구불하고 하얀 몰티즈도 있지만 가장 인기 있는 건 프렌치 토이불도그다. 잘록한 하반신에 머리통은 크고 둥글며 귀는 박쥐를 닮고 눈망울은 깜짝 놀란 듯 휘둥그렇다. 인상을 쓰는 것처럼 우스꽝스러운 표정은 마치 인형이나 갓난아기를 보는 듯하다. 반면 복서는 예전 불도그의 위치를 대체한 명확히 남성적인 개다. 근육질 몸통과 황소 같은 목, 근심 어린 듯 주름 잡힌 무시무시한 얼굴과 달리 성격은 순진하고 선량하다.

현대 견종 중에서도 대표적인 개가 바로 쥐잡이 사냥개로부터 나온 테리어다. 예전의 폭스테리어는 작지만 영리하고 용감하며 원기 왕성했는데, 요즘은 더 몸집이 작고 털이 듬성듬성한 테리어에 밀려나는 추세다. 덥수룩한 얼굴에 유쾌하고 짓궂게 눈을 깜박이는 테리어는 암탉과 고양이를 잡아먹는 악동이지만 수줍음을 타며 우스꽝스럽기도 하다. 게다가 고집도 세고 여러모로 골칫덩어리인데, 나도 테리어인 이리스를 키웠기 때문에(어느 정도는 응석받이로, 어느 정도는 엄밀히 애견학에 따라서) 잘 안다. 그림에서 볼 수 있듯 이리스는 꼬리 끝이 이상하게 잘렸고 털도 우리가 바랐던 것처럼 곱고 가지런한 대신 하느님이 만들어 준 그대로 덥수룩

이리스

하다.

덩치가 제법 큰 에어데일테리어는 턱수염이 근사하고 갈색 등에 안장 같은 검은 얼룩이 있다. 테리어 중에서도 가장 분별력이 높은 종으로, 전장에서 부상병을 찾아내는 데 탁월한 능력을 보여 '전쟁견'이라 불리기도 한다. 내가 아는 바에 따르면 에어데일은 꼼지락대

고 폴짝거리는 장난꾼 폭스테리어와는 전혀 다르다. 진지하고 다정하며 자신의 명예에 민감하기 때문에 부상병을 찾는 역할뿐만 아니라 존경받는 인사의 반려동물로도 적합하다.

스코티시테리어는 익살스럽게 보이지만 사실 성미

에어데일테리어

가 사납고 불손하다. 검은 털이 무성한 애벌레처럼 생기고 닥스훈트만큼 고집이 센 말썽쟁이로, 도축자의 마스티프처럼 거칠고 우렁찬 소리로 짖어 댄다. 실리엄테리어는 생김새가 스코티시테리어와 비슷하지만 털이 희고 온순하다. 그 밖에도 지역별로 아이리시테리어, 웰시테리어, 웨스트하일랜드테리어, 스카이테리어 등이 있는데, 각각 털색이 다양하며 짧고 뻣뻣한 털부터 거칠고 덥수룩한 털까지 그 형태도 다채롭다.

하지만 털 얘기가 나왔으니 올드잉글리시시프도그를 빼놓으면 안 되겠다. 털이 사자나 낙타의 갈기와 비슷한데 그나마 뒤쪽을 표시해 주는 꼬리도 없어 어느

스코티시테리어

쪽이 머리고 어느 쪽이 엉덩이인지 도통 구분하기가 어렵다. 그렇게 덥수룩한 털 속에서 제 입과 항문을 어떻게 찾는지 수수께끼다. 하지만 타고난 지능 덕분인지 알아서 잘 살아가는 것 같다.

세상에는 이 밖에도 다양한 개가 존재한다. 스프링거, 휘핏, 달마티안, 코모도어 그리고 (아직 멸종하지

않았다면) 파트라 지역의 추바시와 유서 깊은 곰 사냥 개 타라치도 있다. 우리 체코 사람이 온 세상 모든 개를 키워야 한다는 얘기가 아니라, 미더운 혈통과 바람직한 자질을 지닌 개가 인간의 일시적 유행이나 속물적 변덕 탓에 사라져선 안 된다는 얘기다. 또한 어엿한 견주라

올드잉글리시시프도그

면 개를 잘 보호해 품종이 퇴화하지 않도록 해야 한다. 수백 수천 코루나를 내고 경연대회에서 상을 받은 강아지를 사야 한다는 얘기가 아니다. 건강하고 기운 좋은 개 한 마리만 있으면 온 동네에 강아지를 나눠 주고도 남는다. 반려동물의 생물학적 수준이 그 사회나 국가의 생물학적 수준을 반영한다. 반려견의 품종을 보존

하기 위해 조금만 노력한다면 충분한 대가가 따를 것이다. 신체적으로나 정신적으로나 한층 더 훌륭한 생명체와 함께 살아갈 수 있으니까.

개와 고양이에 관한 더 많은 이야기

## 우리 나라의 개

1차대전 이전에 우리는 빈에서 온 사람이나 군 장교가 우리 나라 사람을 '체코의 개'라고 부르기라도 하면 (당연히 매우) 흥분해서 날뛰곤 했다.☞① 그래 봐야 그 야만인의 턱을 한 방 갈겨 주는 게 최선이지만, 그도 여의치 않으면 최소한 그놈 이름이 신문에 실리게 했다. 이제 그런 일은 대체로 드물어졌고 시간이 더 지나면 완전히 사라질 것이다. 이런 이유에서라도 우리는 진정한 체코의 개가 사실상 존재하지 않게 되었다는 슬픈 현

---

☞① 체코슬로바키아는 1918년 이전까지 오스트리아-헝가리제국의 지배를 받았다.

실에 당혹스러워해야 마땅하다. 물론 네 발로 걷는 진짜 개 말이다. 나 역시 어쩌다 이렇게 되었는지 여러 차례 애견학 전문가나 과학자에게 물어보았다. 아이리시테리어, 스코티시테리어, 잉글리시 복서와 에어데일, 프렌치 불도그, 이탈리안 그레이하운드, 그레이트데인☞①, 독일셰퍼드와 스테이블테리어와 닥스훈트와 도베르만, 러시안 보르조이, 중국 페키니즈를 보라. 사실상 모든 국가가 고유의 견종을 뽐내는데 우리 체코만 그런 명예를 누리지 못한다.

일전에 암탉 시범 농장을 견학한 적이 있다. 외국산 와이언도트를 비롯해 온갖 귀한 품종을 키우는 곳이었다. 석탄처럼 검은 닭, 백조처럼 하얀 닭, 깃털이 듬성듬성하거나 주름 장식처럼 화려한 닭도 있었다. 그런데 한 철조망 닭장에 밀짚과 똥을 섞은 듯 꼴사나운 색에 작고 여윈 암탉 몇 마리가 따로 있었다. 사람들 말에 따르면 체코 고유의 특별하고 우수한 품종이라고 했다. 자신의 책무를 아는 외국인이라면 누구나 흥미로워할 이야기가 아닐 수 없다. 나 역시 국가적 자부심과 뿌듯한 신뢰를 느끼며 그 닭을 바라보았다고 고백해야겠다. 반면 체코 고유의 말 품종은 내가 아는 전문 기수의

☞① 데인(Dane)은 덴마크를 가리킨다.

주장에 따르면 단 하나도 없다고 한다. 물론 후쿨 조랑말☞②이 있긴 하지만 그건 체코슬로바키아가 된 이후의 일이며,☞③ 클라드루버는 사실상 유고슬라비아에 속한다. 개의 경우 우리 국민은 완전히 외국의 영향 아래 놓여 있다. 천 년에 이르는 전통에도 불구하고 체코를 대표할 견종을 육성하는 행운을 누리지 못했다. 이런 면에서 우리는 아직 독립국가가 아닌 셈이다.

하지만 가장 통탄스러운 점은(적어도 내가 보기엔) 우리 나라에도 몇몇 토종개가 있었지만 우리의 부주의와 국가적 무관심으로 다 멸종해 버렸다는 것이다. 듣자 하니 한때 체코 지역에도 포우세크라는 훌륭한 사냥개 품종이 있었다고 하는데, 어쩌면 어느 사냥터지기 오두막에 몇 마리 남아 있을지도 모른다. 또한 슬로바키아 지역에도 파트라 개라고 불리던 아주 매력적인 목양견이 있었지만 이젠 거의 사라져 순종은 대여섯 마리나 남았을까 말까라고 한다. 고유 품종으로 육성할 만큼 혈통이 잘 보존된 동시에 지킬 만한 외모나 성격을 가진 지역 토종 혹은 변종이 아직 남아 있는지 아는 사람이 없을까? 우리 나라에는 국영 사육장도 있으니 너

---

☞② 동유럽 카르파티아산맥의 토종말로 짐수레를 끄는 데 쓰였다. 국경이 자주 바뀐 지역으로 현재는 루마니아에 속한다.

☞③ 1918년 독립한 체코슬로바키아는 문화적·민족적으로 서로 다른 체코 지역과 슬로바키아 지역이 통합된 국가였다. 차페크는 후쿨 조랑말이 체코가 아닌 슬로바키아 품종이라고 암시하는 것이다.

무 늦기 전에 책임지고 체코 혹은 슬로바키아 토종개를 키워 내야 마땅하다. 주위를 둘러보면 대략 3년마다 유행 견종이 바뀌는 듯하다. 한때는 독일 도베르만이다 세퍼드, 프렌치 불도그를 거쳐 이제는 웬 스코틀랜드 털북숭이가 유행이다. 우리 나라도 슬슬 토종개를 키워 보는 게 어떨까? 가장 뛰어난 견종을 세상에 내놓은 영국인이 민족적으로나 정치적으로나 우수하다는 점은 결코 우연이 아닐 것이다. 개는 주인을 반영하기 마련이니까. 체코인에게도 체코인만의 개가 절실하다.

## 반려견에 대하여

개 키우기는 유행에 좌우된다. 한때 핼쑥하고 맵시 있는 여성이라면 누구나 키우고 싶어 했던 퇴폐적인 보르조이는 이제 좀처럼 눈에 띄지 않는다. 소탈한 성격의 스코치 콜리를 '끼고' 다니던 사람도 없어졌다. 이탈리안 그레이하운드는 완전히 멸종해 버린 게 아닌가 싶고, 닥스훈트도 보기 힘들어졌다. 푸들을 마지막으로 본 게 언제인지 기억도 나지 않으며(푸들 사육장은 다 어디로 간 걸까?) 스피츠 역시 해가 갈수록 찾아보기가 어렵다. 세인트버나드는 1880년대에서 1890년대까지 점잖은 중산층의 일부였다. 조르주 오네의 '철공소 주인'☞① 이 개를 키웠다면 분명 세인트버나드를 택했으리라. 폭스테리어도 1차대전 이전에는 수백 마리가 우글거렸으나 이젠 줄어드는 추세다. 세터는 내가 어렸을 때 이후로 본 적이 없으니 조만간 국립박물관에 박제로 보존해야 하지 않을까. 까만 콧잔등이 인상적인 퍼그는 아예 사라졌을지도 모르겠다. 그 대신 유행하게 된 개가 독일 테리어, 에어데일, 털이 듬성듬성한 닥스훈트다. 토이불도그는 유행이 지났지만 불도그는 예전보다 인기를 끌고 있다. 하지만 현재 대유행인 개는 뭐니 뭐니 해도 도베르만과 셰퍼드다.

도베르만과 셰퍼드가 별로라는 건 아니다. 셰퍼드의 두상은 동물계에서도 최상급의 아름다움을 보여 준다. 하지만 둘 다 일반인이 키우기엔 대체로 너무 덩치가 크고 힘이 넘친다. 우리가 독일에 대해 가진 선입견처럼 말이다. 우리가 스스로 슬라브족이라고 여긴다면 개 역시 조그맣고 통통하고 난롯가에 드러누워 짖어 대는 보리셰크 같은 품종을 키워야 마땅하다. 내 생각에 도베르만과 셰퍼드는 독일의 영향, 즉 힘과 영광

☞① 1882년 출간된 프랑스 소설의 제목. 중산층의 삶을 멜로드라마풍으로 묘사했으며 연극 상연을 통해 유명해진 작품이다.

과 일종의 제국주의를 숭상하는 문화를 반영한다. 아파트나 시골 별장에서 셰퍼드를 키운다면 그 녀석은 고작 몇 평밖에 안 되는 뒷마당에서나 자유롭게 움직일 수 있다. 물론 당신은 사랑하는 개를 운동시키려고 목줄을 달아 5분 정도 산책을 나갈 것이다. 하지만 그런 대형견은 힘이 넘치기 때문에 적어도 2시간은 운동을 해야 한다. 지칠 때까지 내달리고 한참 뛰어다니며 기력을 소진해야 하는 것이다. 당신의 개는 죄수이자 우리에 갇힌 맹금 신세다. 셰퍼드는 시골 목사나 경찰관에겐 어울리겠지만 유모와 함께 보도를 걷기엔 적합하지 않다. 충분히 뛰어다니지 못한 셰퍼드는 신경이 곤두서서 시끄럽게 짖어 대며 이웃에게 피해를 끼칠 것이고, 당신은 화난 개가 신문배달부를 물기라도 할까 봐 결국 집에서도 목줄을 묶어 놓게 될 것이다. 분명히 말하지만 당신의 근사한 개는 도시에선 비참한 골칫거리일 뿐이다.

집에서 개를 키우겠다면(이것 자체는 매우 추천할 만하다) 더 작은 개를 택하도록 하자. 느긋하고 유순하며 가정집 현관에도 어울리는 개 말이다. 슈나우저, 와이어헤어드 폭스테리어, 그 밖에도 여러 털북숭이 친구가 있다. 닥스훈트나 토이불도그도 좋고, 푸들이나 스피츠나 퍼그의 부활에 기여하는 것도 괜찮겠다. 선택의 여지는 충분하다. 집에서 영양이나 멧돼지를 키우려는 사람은 없을 것이다. 야생동물이 만족할 만큼 운동을 시켜 주지 못할 테니까. 그런데 왜 개에 관해서는 그런 생각을 미처 못하는 걸까? 여러분이 이 문제를 잘 생각해 보았으면 한다.

## 개와 고양이

내가 지금까지 면밀히 관찰한 결과 거의 확신하게 된 사실이 있다. 개는 결코 혼자 놀지 않는다는 것이다. 홀로 남으면 개는 동물 특유의 진지한 세계에 몰입한다. 한가해진 개는 주변을 두리번대거나 명상에 잠기거나 잠을 자거나 벼룩을 잡거나 솔과 실내화를 물어뜯는다. 하지만 절대로 혼자서 놀지는 않는다. 개는 혼자 있을 때 제 꼬리를 쫓아 달리지도, 들판을 빙빙 돌지도, 입으로 막대를 물어 오지도, 코로 돌멩이를 밀고 가지도 않는다. 이 모든 놀이에서 개는 동반자, 구경꾼, 함께할 누군가를 필요로 한다. 자신의 열띤 놀이를 지켜봐 줄 상대를 원하는 것이다. 개의 놀이는 사교적 즐거움의 폭발이다. 개는 다정한 인간이나 동족을 만났을 때만 꼬리를 흔들듯이, 오직 함께 놀아 주거나 노는 걸 지켜봐 줄 상대가 있을 때만 놀이를 시작한다. 상대가 자길 보지 않는다는 걸 알아차리면 즉시 놀이를 멈추는 섬세한 녀석도 있다. 마치 상대의 박수갈채가 있어야만 놀이의 즐거움을 느낄 수 있다는 듯이 말이다. 한마디로 개는 다른 누군가와의 활발한 상호작용이 가능해야만 놀이를 하는데, 이는 개의 사교적 천성 때문이다.

반면 고양이는 상대방이 자극하면 놀이를 시작하긴 하지만 설사 혼자 있더라도 잘 놀 수 있다. 고양이의 놀이는 고독하고 개별적이며 자기 자신을 위한 것이다. 고양이는 혼자 둬도 털실 한 뭉치, 술 한 개, 흔들거리는 줄 하나만 있으면 만족스럽게 우아하고 조용한 놀이를 시작할 것이다. 인간이 같이 놀아 줘도 고양이는 결코 '네가 여기 있어서 기뻐'라는 표정을 짓지 않는다. 고양이는 죽은 사람 곁에서도 수의 한구석을 발로 건드리며 재미있게 놀겠지만, 개는 그러지 못할 것이다. 고양이는 스스로에게서 즐거움을 얻지만 개는 남을 즐겁게 해 주려고 한다. 고양이는 자기에게만 관심이 있는 반면 개는 남이 자기에게 관심을 가져 주길 원한다. 개는 무리에 속해야 즐겁고 충만한 삶을 살 수 있는데, 사실 인간과 자기 둘만으로도 소속감을 느끼기엔 충분하다. 개는 제 꼬리를 쫓아 달릴 때도 남들이 뭐라고 하나 궁금해 슬쩍 곁눈질을 하지만, 고양이는 절대로 그러지 않는다. 바로 그런 이유로 개는 자신도 잊은 채 숨이 차도록 놀이에 몰두하지만 고양이는 그만큼 열렬하고 거리낌 없이 빠져들지 않는지도 모른다. 고양이는 놀 때도 항상 한 차원 위에 있는 듯하다. 자기가 관대하게도 '놀아 주고' 있다는 생색을 내며 살짝 경멸하는 듯한 태도다. 개는 놀이에 전심전력을 다하지만, 고양이는 그저 변덕을 부리는 것처럼 보인다.

이렇게 표현해 보자. 고양이는 자신에게서만 즐거움을 찾는 냉소주의자다. 인간이나 다른 물건과도 놀긴 하지만 그것은 오직 고양이 특유의 다소 거만한 쾌락을 위해서다. 개는 선량하고 속된 익살꾼이다. 우화의 소매상인 그들은 관객이 없으면 권태에 빠져 제 몸을 물어뜯을지도 모른다. 개는 순전히 남을 즐겁게 하려고 자신을 웃음거리로 만들며, 상대가 참여해 주기만 한다면 언제든 열렬히 놀이에 뛰어들 준비가 되어 있다. 고양이는 자신의 체험으로 만족하는 반면, 개는 남에게서 확실한 반응을 얻고 싶어 한다. 고양이는 주관론자이지만 개는 사교적 세상을 살아가는 객관론자다. 고양이는 동물답게 신비롭지만 개는 인간처럼 순진무구하다. 고양이는 탐미주의자 기질이 있지만 개는 말하자면 평범한 사람이다. 어쩌면 창작자라고 할 수도 있으리라. 개는 천성적으로 남에게, 자신을 제외한 모든 이에게 의존하며 자신만으로는 부족하다고 느끼기 때문이다. 배우가 자신만을 위해 살아갈 수 없고 시인이 자기만족만을 위해 시를 쓸 수 없고 화가가 자기 벽에 걸어 둘 그림을 그리는 것으로 만족할 수 없듯이. 우리가 진지하게 임하는 모든 활동에는 다른 이의, 친애하는 인류 전체의 흥미와 참여를 필요로 하는 확고한 시선이 존재한다.

그리고 우리는 순전히 그런 갈망 때문에 파멸하기도 한다.

어미 개와 고양이

### 고양이의 경우

고양이는 무거운 몸을 질질 끌고 집 안을 돌아다닌다. 염소처럼 야윈 등뼈만 툭 튀어나온 몸으로 찾고 또 찾는다. 눈도 못 뜨고 낑낑댈 아기 고양이 다섯 마리를 세상에 내놓을 만한 호젓하고 알맞게 어질러진 구석을 찾기가 도통 쉽지 않다. 고양이는 침대보와 행주를 넣어둔 찬장을 앞발로 열려고 한다. 그래, 여기면 되겠어. 이렇게 눈처럼 하얀 세탁물 더미에서라면 몸을 풀 수 있을 거야! 고양이가 금빛 눈망울로 나를 쳐다보며 묻는다. '이것 좀 열어 줄래, 인간?' 안 돼, 야옹아. 여길 봐. 널 위해 이미 바구니에 천을 잘 깔아 놓았잖아. 이보다 더 나은 곳이 있겠니? 하지만 물론 고양이는 더 나은 곳을 원한다. 이제 고양이는 앞발로 책장을 열려고 한다. 어쩌면 신문 무더기 사이에 보금자리를 만들거나 시집을 꽂아 둔 칸에 틀어박히고 싶은지도 모르겠다. 그러나 고양이는 여전히 어미답게 안절부절못하며 여기저기 찾고 또 찾는다.

어떡해야 하는지 고양이가 이미 잘 아는 건 분명하다. 적어도 1년에 두 번, 계절이 돌아오듯 규칙적으로 줄무늬 새끼를 네다섯 마리씩 낳는 녀석이니까. 자기 새끼를 버젓한 고양이로 키우는 일은 나한테 일임하고 말이다. 그래서 적당한 차례가 되면 내 친구와 지인 모두가 고양이의 왕성한 생산력에 따른 산물을 데려가곤 한다. 하지만 첫 출산을 앞뒀을 때, 아직 다 자라지도 못해 어쩔 줄 모르던 그 시절에도 고양이는 자기에게 닥쳐올 일을 '다 아는 듯' 지금과 똑같이 깐깐하고 노련한 태도로 은신처를 찾아다녔다. 녀석이 정말로 구체적인 상황을 다 알고 고양이의 말로 이렇게 얘기했더라면 그런 태도도 충분히 이해가 되었을 것이다. '아무래도 내가 새끼를 낳을 것 같아. 그러니 내 새끼가 안전히 지낼 수 있는 작고 호젓한 보금자리를 찾아야 해.' 하지만 고양이는 그런 것을 전혀 모르며, 설사 말을 할 수 있더라도 이런 식이었으리라. '이상하네. 온종일 누가 나한테 말하는 것 같아. 찾아, 찾으라고! 어딘가 특별한 장소를 찾으란 말이야. 아니, 그 안락의자는 안 돼. 네가 평소 잠자던 그 쿠션도 안 되고. 근데 뭘 찾으라는 걸까? 무슨 이유로? 왠지 저 세탁물 찬장에 들어가야 할 것만 같아. 아니면 침대 시트 아래로 파고들거나. 맙소사, 정말 불안하네! 내가 대체 어떻게 된 거람?' 가끔씩 고양이는 뭔가에 사로잡힌 것처럼, 어느 폭군 같은 존재의 목소리에 귀를 기울이는 것처럼 정말 심각한 표정을 짓는다. 그러고 나면 단호하게 그 목소리의 지시를 따르는데, 우리 인간은 이를 '본능'이라고 부른다. 알 수 없는 존재엔 최소한 이름이라도 붙여야 하니까.

그리하여 어느 날 아침(자연의 선물은 보통 한밤중에 도착하기 마련이므로) 일어나 보니 저기 한구석에서 아기 고양이 대여섯 마리가 낑낑대고 있다. 어미는 오직 새끼만을 위한 부드러운 목 울림으로 대답한다. 그것은 하나의 음이라기보다 3도와 5도 화음에 가까우며 하모니카 소리와도 무척 비슷하다. 모성애로 충만해진 어미는 거의 녹아내릴 것처럼 보인다. 일거수일투족이 놀랍도록 조심스럽고 차분하다. 주름 잡힌 몸통, 참을성 있게 구부린 잔등, 작고 보드라운 발로는 꼬물대는 새끼를 한 덩어리로 뭉쳐 감싸 안고 있다. 알겠지, 얘들은 나랑 한 몸이야. 어미는 좀처럼 보금자리를 떠나지 않고, 잠시 나갔다가도 빠른 걸음으로 돌아오며, 멀리서부터 목을 울려 새끼를 부른다. 그야말로 열렬한 모성의 본보기라 할 만하다.

하지만 대략 6주가 지나면 고양이는 조용히 새끼의 보금자리를 뛰쳐나와 봄밤의 어둠 속으로 사라지는데, 그럴 때면 멀리서 수고양이의 거칠고 낮은 울음소리가 들려오기 마련이다. 아침이 되어서야 고양이는 초록색 눈을 크게 뜨고 주름진 털가죽을 핥으며 돌아온다. 새끼가 젖을 조르거나 어미의 보드라운 꼬리를 가지고 놀려고 달려오면 고양이는 귀찮은 듯 앞발로 툭 때리고, 그러면 새끼는 깜짝 놀라 휘청거리다 골을 내며 달아난다. 이리 오렴, 아가. 너무 성내지 마라, 세상

개와 고양이에 관한 더 많은 이야기

은 원래 그런 거란다. 네 어린 시절도 끝난 거지. 이제 슬슬 네가 살 집을 찾아 줘야겠구나.

어미는 매끄럽게 핥은 등을 돌리고 새끼를 외면하며 창밖만 하염없이 내다본다. 누군가 이렇게 말하는 소리에 귀를 기울이는 듯하다. '밖에 나가렴. 오늘 밤엔

밖에 나가야 해. 그이가 올 테니까.'

그로부터 2주가 더 지나면 어미 고양이는 내가 새
끼를 보여 줘도 적대감을 드러내며 뱀처럼 쉭쉭거린다.


## 개의 경우

불쌍한 개는 대체 무슨 일이 일어난 건지도 모른다. 그
저 매우 처량한 기분이 들 뿐이다. 몸이 감당하기 어려
울 만큼 무거워져 소파에 뛰어오르지도 못하고, 멍하고
당혹스러운 표정으로 엉덩이를 깔고 앉아 있을 뿐이다.
'내가 어떻게 된 건지 모르겠어. 아무래도 죽을 때가 됐
나 봐.' 개는 자신의 상황을 도통 이해하지 못하고 준비
도 전혀 되어 있지 않다. 하지만 어느 날 저녁 이상한 불
안감이 찾아든다. 얘야, 내가 어떻게 해 주면 좋겠니?
개는 절망에 빠진 듯 가만히 꼬리를 흔들다 결국 제 집
에 기어 들어갈 뿐이다. 야단맞았을 때와 똑같이 부끄
러운 표정을 지으면서.

다음날 아침, 개집 안이 강아지로 가득하다. 하지
만 무슨 수를 써도 어미를 밖으로 끌어낼 수 없다. 개는
무척 후회하는 기색이다. 집 안에 이렇게 커다란 무더

기를 만들어 놓았다고 꾸지람이라도 들을까 겁이 난 듯하다. 녀석은 어떻게든 강아지를 숨기고 싶은지 24시간 동안 집에서 나오지 않지만, 다음날이 되면 갑자기 뭔가 깨닫기라도 한 것처럼 개집에서 달려 나와 주인에게 덤벼든다. '이리 와 봐! 난 이제 엄마야! 저 안에 강아지가 수백 마리나 있다니까!' (사실은 아홉 마리뿐이지만 개는 숫자를 다섯까지밖에 못 세니까.) 그러고 나면 어미 개는 자부심을 드러내며 우리의 축하 인사에 답하고 밥을 먹으러 간다. 저 불쌍한 녀석도 이제야 자기 몸의 신비를 이해하게 된 것이다.

## 영원한 고양이

고양이에 관한 이 이야기는(완전히 비현실적이고 터무니없게 들릴지도 모르지만) 처음엔 어느 수고양이, 정확히 말하면 내가 선물로 받은 수고양이에 관한 것이었다. 선물이란 항상 초현실적인 구석이 있기 마련이다. 모든 선물은 마치 다른 세계에서 온 것처럼, 천국에서 툭 떨어진 것처럼 자신만의 독립성과 활기를 가지고 우리의 삶에 침입하니까. 게다가 그 선물이 목에 푸른 리본을 맨 수고양이라면 더 말할 것도 없다. 이런 수고양이는 성격에 따라 필립, 퍼시 혹은 '개구쟁이'나 '악당'이라는 이름으로 불리게 된다. 우리 집에 온 고양이는 터키시 앙고라라고 했지만 기독교 세계의 흔해 빠진 길고양이처럼 털이 부스스하고 불그스름했다. 어느 날 녀석은 집 안을 탐험하다 발코니에서 어느 여성의 머리로 떨어졌다. 녀석에게 할큄을 당하고 격분한 그 여성은 우리 고양이가 발코니에서 사람 머리 위로 뛰어내리는 위험한 동물이라며 항의했다. 사실상 나는 이 순진무구한 야수의 무죄를 규명했지만, 그럼에도 불구하고 사흘 뒤에 이 작은 짐승은 비소와 인간의 악의라는 독극물로 목숨을 잃었다. 녀석의 엉덩이가 축 처지면서 단말마와 함께 수상쩍은 입김이 뿜어져 나온 바로 그 순간, 우리 집 현관에서 야옹 소리가 들려왔다. 그곳에는 용마루 기와처럼 바싹 야위고 길 잃은 아이처럼 겁에 질린 얼룩무늬 새끼 길고양이가 바들바들 떨고 있었다. 이리 오렴, 야옹아. 이런 게 바로 신의 섭리, 운명의 뜻 혹은 신비로운 징표라는 거겠지. 아무래도 방금 죽은 고양이가 널 대신 보냈나 보다. 생명의 연속성이란 신비롭기 그지없구나.

　그렇게 우리 집에 온 고양이는 점잔 빼는 태도 때문에 푸들렌카☞①라는 이름을 얻었다. 보다시피 푸들렌카는 미지의 세계로부터 불쑥 나타났지만, 그럼에도 자신의 신비롭고 심지어 초현실적인 기원에 대해 결코 뻐긴 적이 없다고 단언할 수 있다. 오히려 푸들렌카는 모든 면에서 평범한 고양이처럼 행동했다. 우유를 마시고 부엌의 고기를 훔쳐 먹고 인간의 무릎 위에서 잠자고 밤이면 여기저기 쏘다녔다. 그리고 적절한 때가 되자 새끼를 다섯 마리 낳았는데 각각 불그스름한 색, 검은색, 삼색, 얼룩무늬, 터키시 앙고라였다. 그리하여 나는 모든 지인에게 슬그머니 접근해 관대한 어조로 말을

☞① 체코어로 '푸들'을 뜻한다.

걸기 시작했다. "이봐, 나한테 아주 멋진 새끼 고양이가 있는데……" 어떤 이는(아마도 너무 겸손해서겠지만) 자기도 키우고 싶은데 유감스럽게도 형편이 안 된다며 간신히 내 제안을 뿌리쳤다. 하지만 기습을 당해 머뭇거린 사람은 뭐라고 대꾸하기도 전에 내게 손을 꽉 붙잡힌 채 이런 말을 들어야 했다. "그럼 결정된 거다. 걱정할 필요 없어. 적당한 때가 되면 내가 고양이를 보내줄게." 그리고 다음 순간이면 나는 이미 다른 사람에게 수작을 걸고 있었다. "어미가 되어 행복해하는 고양이만큼 매혹적인 것도 없어. 그 귀여운 새끼 때문에라도 반드시 고양이를 직접 키워 봐야 한다고." 6주가 지나자 푸들렌카는 새끼를 내버려 둔 채 근처 길거리에서 들려오는 수고양이의 굵고 당당한 목소리에 넘어가 버렸고, 53일 뒤에 새끼를 또 여섯 마리 낳았다. 1년이 지나자 푸들렌카가 낳은 고양이는 열일곱 마리에 이르렀으니, 그 기적적인 생산력은 아무래도 독신으로 죽은 그 수고양이의 유산이자 사명이라고밖에 해석할 수 없었다.

　나는 항상 지인이 무척 많다고 생각해 왔지만, 푸들렌카가 고양이 출산에 전념하기 시작한 이후로는 사실 아주 고독한 사람이었다는 걸 깨달았다. 스물여섯

190

번째 새끼 고양이를 선물할 사람을 도무지 찾을 수 없었기 때문이다. 새로운 사람을 만나면 나는 대충 통성명을 하고 곧바로 이렇게 말을 잇곤 했다. "혹시 새끼 고양이 키울 생각 없나요?" "무슨 고양인데요?" 상대방이 미심쩍은 어조로 되물으면 나는 보통 이렇게 대답했다. "나도 아직 몰라요. 하지만 조만간 또 새끼 고양이가 생길 것 같아서요." 얼마 지나지 않아 사람들이 슬슬 나를 피하는 것 같은 기분이 들기 시작했다. 아마도 새끼 고양이 대박을 터뜨린 나한테 질투가 나서 그런 거겠지. 알프레트 브렘☞① 에 따르면 고양이는 1년에 두 번 출산한다는데, 푸들렌카는 계절도 가리지 않고 1년에 서너 번씩 새끼를 낳곤 했다. 역시 녀석은 초자연적 고양이가 분명했다. 억울하게 죽은 수고양이의 목숨을 백배로 되갚는 고귀한 사명을 띠고 이 세상에 온 것이다.

　푸들렌카는 3년 동안 왕성한 생산력을 과시한 뒤 갑자기 세상을 떠났다. 어느 경비원이 자기 식료품 창고에서 푸들렌카가 거위 한 마리를 훔쳐 먹었다고 근거도 없이 주장하며 녀석의 등을 부러뜨린 것이다. 푸들렌카가 세상을 떠난 바로 그날 녀석의 마지막 새끼이자 내가 이웃에 떠맡겼던 암고양이가 우리 집으로 돌아왔고, 죽은 어미의 직계 자손으로 푸들렌카 2세라 불리며 우리와 함께 살게 되었다. 푸들렌카 2세는 어미를 완벽하게 계승했다. 다 자라기도 전에 임신을 하더니 새끼 네 마리를 낳은 것이다. 각각 검은색, 브르쇼비체 혈통의 고상한 붉은색, 스트라슈니체 출신답게 콧등이 길쭉한 녀석, 말라슈트라나 출신답게 강낭콩처럼 얼룩진 녀석이었다. 푸들렌카 2세는 자연법칙처럼 정기적으로 1년에 세 번 새끼를 낳아 2년 3개월 만에 스물한 마리를 세상에 내보냈다. 색도 품종도 제각각이었지만, 적어도 꼬리 없이 태어나는 맨섬 고양이 혈통은 없는 듯했다. 스물한 번째 고양이를 데려갈 사람을 도저히 찾을 수 없어 자유사상가협회나 로사리오 형제회라도 가입해 새 친구를 사귀어야겠다고 결심했을 무렵 이웃집 개 롤프가 푸들렌카 2세를 물어 죽였다. 우리는 푸들렌카 2세를 집으로 데려와 침대에 눕혔다. 바들바들 떨리던 턱이 멈추더니, 갑자기 풍성한 털 속에서 벼룩이 튀어나왔다. 고양이의 죽음을 알리는 확실한 신호였다. 그리하여 데려갈 사람이 없던 스물한 번째 고양이는 푸들렌카 3세로 우리 집에 남아 넉 달 뒤 새끼 다섯 마리를 낳았고, 지금까지도 15주마다 규칙적으로 이 세상에서의 임무를 수행하고 있다. 녀석이 단 한 번 출산을 거른 것은 올해의 엄청난 혹한기 때뿐이었다.

여러분은 푸들렌카 3세가 그토록 거창하고 영원한 임무를 띠고 있다는 사실을 믿기 어려우리라. 언뜻 보면 녀석은 온종일 내 무릎 위나 침대에서 잠이나 자는 흔해 빠진 삼색 고양이에 지나지 않으니까. 푸들렌카 3세는 자신의 평안에 지극히 민감하고, 인간과 동물 모두에게 건전한 불신을 드러내고, 이 문제에 관해서라면 발톱과 이빨을 총동원해 자신의 이익을 고수하려 든다. 하지만 15주째가 되면 녀석은 흥분하고 초조한 기색으로 문간에 앉아 이런 표정을 짓는다. '인간, 어서 날 내보내 줘. 뱃속이 부글거린단 말이야.' 그러고는 밤의 어둠 속으로 쏜살같이 달려 나갔다 다음날 아침이 되어서야 핼쑥한 얼굴에 눈가가 시커매져 돌아온다. 그럴 때면 북쪽의 올샤니 공동묘지에서는 덩치 큰 까만 고양이가, 남쪽의 브르쇼비체에서는 불그스름한 애꾸눈 고양이가, 대도시가 있는 서쪽에서는 타조처럼 깃털이 풍성한 터키시 앙고라가, 아무것도 없는 동쪽에서는 꼬리가 말려 올라간 수수께끼의 하얀 고양이가 찾아온다. 평범한 삼색 고양이 푸들렌카 3세는 그들 가운데 가만히 앉아 눈을 번득이며 수고양이의 울음소리에 귀를 기울인다. 그것은 숨죽인 절규, 죽어 가는 아이들의 비명, 술 취한 선원의 포효, 색소폰과 드럼과 그 외 다른 악기로 이루어진 고양이의 교향곡과도 같다. 간단히 말하자면 수고양이는 힘과 용기뿐만 아니라 인내도 필요하다. 가끔은 이 묵시록적 수컷 네 마리가 일주일이나 집을 포위하고 서 있는데, 녀석들이 대문을 가로막거나 심지어 창문으로 들어왔다 나간 뒤에는 지옥처럼 끔찍한 체취가 남는다. 그러다 마침내 푸들렌카 3세가 밖에 나갈 생각을 하지 않는 밤이 온다. '나 잘래. 영원히 잘 거야. 자면서 꿈이나 꿔야지…… 아, 왜 이렇게 기분이 우울할까!' 그리고 적당한 때가 되면 새끼 고양이 다섯 마리가 태어난다. 이 문제에 관해서라면 충분한 경험을 통해 단언할 수 있는데, 분명 다섯 마리일 것이다. 벌써부터 녀석들의 모습이 눈에 선하다. 사랑스럽게 꼬물거리는 작은 덩어리. 온 집 안을 휘저으며 돌아다니고, 조명등 전깃줄을 잡아 빼고, 실내화에 오줌을 싸고, 내 다리를 무릎까지 기어오르겠지(그 덕분에 내 다리는 성서 속의 나사로처럼 상처투성이다). 외투를 입으려 하면 소매에 고양이가 들어가 있을 테고, 넥타이는 매번 침대 아래에 처박혀 있겠지. 하지만 모두가 단언하듯 어린애가 걱정거리인 이유는 단지 키워야 해서가 아니라 미래를 보장해 줘야 해서다.

이젠 편집실의 모든 사람이 내게 고양이를 받아서 키우고 있다. 그러니 다른 곳을 알아봐야 한다. 나는 어느 모임이나 단체에든 기꺼이 이름을 올릴 준비가 되어 있다. 적어도 스물한 마리 이상의 고양이를 떠맡길 수만 있다면 말이다. 내가 이 냉혹한 세상에서 또 다른 새끼 고양이의 자리를 찾아 주려고 애쓰는 동안, 푸들렌카 3세 혹은 4세는 앞발을 깔고 앉아 가르랑거리며 고양이의 삶이라는 영원한 실을 잣고 또 자으리라. 언젠가 머릿수가 충분해진 고양이가 무리 지어 권력을 잡고 온 우주를 다스릴 세계를 꿈꾸며. 그것이야말로 죄 없이 죽어 간 터키시 앙고라 수고양이로부터 물려받은 위대한 임무니까.

그런데 말예요, 정말 새끼 고양이 한 마리 키울 생각 없나요?


## 봄날의 고양이

사실 이미 다 끝난 일이다. 우리 인간이 여전히 덜덜 떨고 기침을 하며 퇴직자와 연인과 시인에게도 봄이 찾아오길 기다리는 동안 고양이는 이미 자신들의 거창한 봄날 모험을 끝마친다. 2~3주의 애정 행각을 만끽한 뒤 그들은 기왓장처럼 바싹 야위고 쓰레기장에서 주운 걸 레만큼 지저분한 몰골로 돌아와 곧바로 우유 그릇에 달려들며, 그다음엔 인간의 품속으로 기어든다. 우리 죄 많은 인간이 하느님의 품에서 평안을 찾듯 그들 역시 인간의 품에서 평안을 느끼기 때문이다. 그러고 나면 고양이는 금빛 눈을 깜박이며 부드럽게 가르랑 소리를 낸다. 다시는 이런 일 없을 거야, 인간. 내가 무슨 일을 겪었는지 네가 안다면! 그 줄무늬 악당, 꼬리 잘린 불량배, 신의 없고 야만적인 녀석은 이제 생각하기도 싫어…… 아, 집에 돌아오니 정말 좋네!

내가 설명하려는 것은 이처럼 때 이른 고양이의 봄이 오면 이미 상당수가 어린것을 배고 있다는 사실이다. 고양이는 부푼 배를 안고 등뼈를 축 늘어뜨린 채 슬그머니 집 안을 돌아다닌다. 마침내 출산의 시간이 왔을 때 녀석이 당신 침대로 기어들지 않도록 주의하자. 빽빽거리며 작은 꼬리를 바르르 떠는 눈먼 쥐 두세 마리를 낳고 나면 고양이는 언제나 그랬듯 서서히 모성애를 드러내기 시작한다. 감격에 찬 고양이는 한결 다정하고 당당해지며, 팔딱거리는 아기 도깨비를 네 발과 온몸으로 감싸 지키기 위해 한쪽으로 몸을 말고 드러눕는다. 고양이의 몸이 일종의 동굴, 보금자리, 작고 너저분한 은신처가 되는 것이다. 고양이는 그렇게 누워 새끼가 젖을 빨 때마다 이때를 위해 간직해 두었던 상냥한 소리로 목을 울린다. 고양이가 어찌나 현명하고도 자기희생적인 자세로 새끼에게 젖을 물리는지, 우리는 동물의 지혜롭고 독특한 양육 습관에 말없는 경이를 느낄 뿐이다.

바로 지금도 내 눈앞에는 순진무구한 청소년기를 벗어나려 하는 고양이가 있다. 얼마 전에 최초의 모험을 치르고 어미가 된, 다소 서둘러 봄날을 지낸 녀석이다. 그리하여 빽빽 울어 대는 새끼 세 마리를 낳았는데, 녀석이 이 놀라운 경험에서 미처 회복하기도 전에 새끼들이 사라져 버렸다. 주인이 다 데려간 것이다. 그렇다면 이제부터 어미 고양이의 불안과 고통을 묘사하고 모성애의 수수께끼에 관한 사색으로 이야기를 마무리 지어야겠지만, 내가 본 수수께끼는 전혀 다른 것이다. 고양이는 분명 초조해하지만 고통스러운 기색이라곤 전혀 없고 여전히 새끼가 자기 곁에 있는 것처럼 행동한다. 뭔가 소리가 들릴 때마다 예전엔 한 번도 내지 않았던 음색으로 목을 울리고, 예전엔 결코 보인 적 없는 자세로 눕는다. 보드라운 발을 뭔가 감싸듯 구부린 채 몸을 웅크리고 옆으로 눕는 것이다. 그러다 잠시 뒤에 불안해하며 일어나 다른 쪽으로 돌아눕는데, 그쪽 젖꼭지도 마저 물리려는 게 분명하다. 낑낑대며 젖을 조르는 새끼에게 둘러싸인 어미의 행동을 정확히 답습하는 것이다. 새끼가 없는 건 불안한 일이지만, 그렇다고 고양이의 행동이 달라지진 않는다. 고양이의 몸속에서는 다정한 애무의 욕구가 샘솟는 듯하다. 고양이는 내 앞을 가로막고 자기를 쓰다듬어 달라고, 어루만지고 귀여워해 달라고 애원한다. 몸이 뭔가에 닿아 있어야만 하는 모양이다. 내가 어루만져 주면 고양이는 앞서 말한 젖을 먹이는 자세로 웅크린 채 행복하게 가르랑대며 목을 울린다. 아무래도 자연법칙이 명하는 대로 따르는 거라고 볼 수밖에 없다. 고양이의 이런 행동은 상황에 맞지 않지만 이미 정해진 규칙에는 부합한다. 사람들은 어미 고양이가 목을 울리는 것이 새끼와 대화하기 위해서라고 여기지만, 사실 어미가 새끼에게 그렇게 말해야 한다고 태초부터 이미 정해져 있기 때문일 뿐이다. 마치 오래전에 기록된 두루마리가 고양이의 눈앞에 저절로 펼쳐지는 것과 같다. 지금 목을 울리는 것은 어리숙한 잿빛 얼룩무늬 어미 고양이가 아니라 자연 그 자체, 혼란에 빠진 이 녀석보다 수백만 배나 오래되고 열성적인 어머니다. 본능은 목적을 잃었을 때 비로소 그 맹목적이고 온전한 기능을 뚜렷이 드러내며, 그럴 때 갑자기 자연의 완고한 메커니즘이 빛을 발한다. 자연은 개체를 신뢰하지 않기에 개체가 해야 할 일을 최대한 구체적으로 지시한다. 개체의 자주성이 끼어들 틈 따윈 없으며, 본능의 영역은 돌이킬 수 없을 만큼 선명하고 확고하다.

그런데 기이하고 종종 혼란에 빠지는 우리 인간은 자신이 이처럼 엄청난 본능의 편향에서 언제 어쩌다 이탈했는지도 모른다. 인간 어머니는 처음으로 아기를 안을 때 적당한 자세를 알아내야 한다. 인간은 모든 것을, 심지어 양육과 인생 자체도 위태위태하게 배워 나가야 한다. 하지만 인간이 본능의 지시에만 따른다면 새로운 행동이나 생각은 불가능할 것이며 예전에 없던 물건을 새로이 만들어 내지도 못하리라. 인간의 창조성은 본능이 아니다. 본능은 보수적이고 불변하고 비개인적이며 기존의 종적 특성을 영원히 답습하는 것이다. 인간 세상에 개인의 자주성, 진정한 탐구와 발견과 향상의 가능성이 있다면 그것은 본능이 아닌 지성의 산물이다.

물론 예술 또한 지성과 의식적 의지의 산물이지. 이만 가 보렴, 야옹아. 이제 우리는 서로를 이해할 수 없게 되었단다.


## 고양이의 눈으로

이자는 내 인간이다. 난 이 인간이 두렵지 않다.

인간은 무척 힘이 세다. 밥을 많이 먹기 때문이다. 인간은 항상 뭔가 먹고 있다. 이봐, 뭘 먹는 거야? 나도 좀 줘!

인간은 아름답지 않다. 털이 없으니까. 게다가 침도 충분히 나오지 않아 몸을 물로 씻어야 한다. 인간은 굵고 거친 소리로 지나치게 자주 야옹거린다. 가끔 자면서 가르랑거리기도 한다.

나가게 문 좀 열어 줘.

어쩌다 이 인간이 내 주인이 됐나 모르겠다. 아마도 뭔가 대단한 것을 먹은 모양이다.

인간은 내 자리를 함부로 건드리지 않는다.

인간은 앞발에 검고 뾰족한 발톱을 끼고 흰 종잇장

에 뭔가 끼적거린다. 다른 놀이라곤 할 줄 모른다. 인간은 낮이 아니라 밤에 자는데 어둠 속에서는 눈이 안 보이기 때문이다. 그러니 사는 게 얼마나 지루할까. 인간은 우리와 달리 피 생각도 안 하고 사냥이나 먹잇감 꿈도 안 꾸며 사랑 노래도 부르지 않는다.

마술같이 신비로운 목소리가 들려오는 밤, 어둠 속에서 눈앞의 모든 것이 살아나는 시간에도 인간은 계속 고개를 숙이고 책상 앞에 앉아 검은 발톱으로 흰 종잇장만 긁어 댄다. 넌 믿지 않겠지만 난 널 좋아한다고. 하지만 나한테 들리는 건 네 발톱이 종이를 긁는 소리뿐이야. 가끔은 그 소리가 멈추고, 인간이 이젠 뭘 하고 놀아야 할지 모르겠다는 듯 멍청한 얼굴을 쳐든다. 그럴 때면 나는 인간이 가엾다는 생각에 친히 다가가 부드럽고 멋진 불협화음으로 야옹거리고, 인간은 나를 들어 올려 뜨뜻한 얼굴을 내 털에 파묻는다. 그런 순간이면 잠시나마 인간의 머릿속에도 더 높은 존재에 대한 인식이 번득이는지, 인간은 기쁨의 한숨을 내쉬며 뭔가 나도 알아들을 수 있을 것 같은 가르랑 소리를 낸다.

하지만 내가 널 좋아한다는 걸 넌 믿지 않겠지. 덕분에 몸이 따뜻해졌으니 난 다시 어둠 속의 목소리나 들으러 가야겠어.

## 고양이와 인간

인간이 높은 음정으로 가만히 휘파람을 불면 고양이가
묘하게 흥분하는 이유를 혹시 아는 사람이 있을까? 나
는 영국, 이탈리아, 독일의 고양이 앞에서 그렇게 해 봤
는데 지리적 차이와 관계없이 전부 똑같은 반응을 보였
다. 고양이는 휘파람 소리를 들으면(특히『호프만 이야
기』의 뱃노래처럼 아주 높은 음정의 멜로디라면) 홀린
듯 내 몸을 슬슬 스치다 무릎 위로 뛰어올라 당혹스러
워하며 내 입술을 킁킁거린 끝에 희한하게 애교스럽고
관능적인 태도로 내 코나 입을 마구 깨문다. 그러면 당
연히 나도 휘파람을 멈추는데, 고양이는 마치 소형 엔
진처럼 거칠고 맹렬하게 가르랑대기 시작한다. 이 문제
를 여러 번 생각해 봤지만, 대체 고양이가 어떤 원초적
본능 때문에 휘파람을 경원시하는지 지금까지도 알아
내지 못했다. 원시시대의 수고양이가 지금처럼 금속성
의 거친 알토로 우는 대신 가만히 휘파람을 불었을 거
라고는 도저히 생각할 수 없다. 어쩌면 그 아득하고 야

만적인 시대에는 고양이의 신이 있어 충실한 신도에게 마법의 휘파람 소리를 들려주었는지도 모른다. 하지만 그것도 순전히 가설일 뿐이고, 이 음악적 매혹의 문제는 고양이의 영혼과 관련된 여러 수수께끼 중 하나로 남아 있다.

인간은 자신이 인간에 관해 잘 안다고 생각하듯 고양이에 관해서도 잘 안다고 생각한다. 고양이는 의자에 기어들어 몸을 동그랗게 마는 생물이다. 가끔은 본능적 흥미를 쫓아 산책도 나가고 가끔은 재떨이를 뒤엎기도 하지만, 대체로 따뜻한 자리를 탐하며 시간을 보낸다. 하지만 나는 로마에 머물렀던 시절에 비로소 고양이의 신비로운 본질을 깨달았는데, 그곳에서 한 마리 고양이가 아니라 쉰 마리를 관찰했기 때문이다. 트라야누스 기념주 주변으로 그야말로 고양이 연못이라 할 만한 풍경이 펼쳐져 있었다. 고대의 포럼을 발굴하고 나자 광장 한가운데가 분지처럼 옴폭 파였는데, 그 메마른 연못 바닥의 부서진 기둥과 조각상 사이에서 길고양이 한 떼가 살았다. 그들은 선량한 이탈리아인이 위에서 던져주는 생선 내장을 먹고 살았으며, 일종의 달 숭배의식 외에는 정말이지 아무것도 하지 않았다. 그들을 보면서 내가 깨달은 건 고양이는 단순히 고양이가 아니라 신비롭고 불가해한 존재, 야생동물이라는 사실이었다. 수십 마리 고양이가 한꺼번에 움직이는 모습을 보면 문득 고양이는 걷는 게 아니라 배회하는 것이라는 걸 알아차리게 된다. 고양이는 인간 사이에선 그저 고양이일 뿐이지만, 같은 고양이 사이에선 정글을 배회하는 어두운 그림자다. 고양이는 인간을 믿는 게 분명하지만 같은 고양이는 믿지 않는데, 동족을 우리가 아는 것보다 더 잘 알기 때문이다. 사람들은 서로 불신하는 관계를 가리켜 '고양이와 개 사이'라고 말하지만, 사실 나는 고양이와 개가 무척 친하게 지내는 경우는 자주 본 반면 고양이 사이에서는 그런 친근감을 느낀 적이 전혀 없다. 물론 짝짓기 철을 제외하고 말이다. 트라야누스 포럼의 고양이는 지극히 경멸스러운 태도로 서로를 무시했다. 어쩌다 두 마리가 한 기둥에 앉기라도 하면 서로 등을 돌린 채 신경질적으로 꼬리를 홱 털면서 상대방의 존재를 못 견디겠다는 표현을 분명히 하곤 했다. 고양이끼리 눈이 마주치기라도 하면 쉭 소리를 냈고, 두 마리 이상이 같은 목적을 가지고 움직이는 일도 없었으며, 서로 말을 거는 일도 없었다. 최선의 관계라고 해 봤자 비웃는 듯한 차가운 침묵 속에 서로를 견디는 정도였다.

하지만 당신 곁에서는 고양이도 대화를 시도한다. 당신의 눈을 들여다보고 목을 울리며 말을 건다. '인간, 문 좀 열어 줘. 네가 먹는 거 나도 줘, 이 먹보야. 나 좀 쓰다듬어 줘. 얘기 좀 해 봐. 내 의자 위에 올려 줘.' 당신 곁에서 고양이는 고독한 야생의 그림자가 아니라 단순히 집고양이인데, 그것은 고양이가 당신을 믿기 때문이다. 야생동물이란 믿음을 모르는 짐승이며, 길들여짐이란 그저 서로를 믿는 상태인 것이다.

생각해 보면 결국 우리 인간도 서로를 믿는 만큼만 야생동물 상태에서 벗어날 수 있다. 예를 들어 내가 집에서 나왔을 때 처음 마주친 사람을 믿지 못한다면 그에게 다가갈 때 위협하듯 소리를 질러야 할 테고, 상대가 수상한 기미라도 보이면 바로 목덜미를 공격할 수 있게 온몸의 근육에 힘을 줘야 할 것이다. 나와 같은 전차에 탄 사람들을 믿지 못한다면 벽을 등지고 으르렁대며 기선을 제압해야 하리라. 하지만 나는 그 대신 무방비하게 등을 드러낸 채 조용히 손잡이를 잡고 신문을 읽는다. 길을 걸을 때도 행인이 날 해칠까 걱정하는 대신 일에 관해 생각하거나 제멋대로 몽상에 빠진다. 사람들이 날 잡아먹을지 몰라 줄곧 경계 태세를 취해야 한다면 끔찍할 것이다. 신뢰가 없는 상태는 야만의 제1단계이며, 불신은 정글의 법칙이다.

불신을 부추기는 정치는 야만의 정치다. 사람을 믿지 않는 고양이는 사람을 인간이 아니라 야생동물로 본다. 마찬가지로 인간을 믿지 않는 인간 또한 상대를 야생동물로 보는 것이다. 상호 신뢰는 인류 문명보다 오래된 체제이며 그로 인해 인류는 인류일 수 있었다. 하지만 우리가 신뢰 상태를 깨뜨린다면 인류가 만든 세상은 야생동물의 세계가 되고 말리라.

그럼 이제 우리 고양이나 쓰다듬어 주러 가야겠다. 고양이는 내게 큰 위안이 된다. 비록 작은 잿빛 짐승에 불과할지언정 날 믿어 주고, 하느님만이 알 법한 프라하의 험한 뒷골목에서 내게 다가온 존재이기 때문이다. 고양이는 가르랑거리며 날 쳐다본다. 그리고 말한다. '인간, 내 귀 사이 좀 긁어 줘.'

개와 고양이에 관한 더 많은 이야기

개와 고양이를 키웁니다
: 체코 대표작가의 반려동물 에세이

2021년 1월 14일    초판 1쇄 발행

지은이            옮긴이
카렐 차페크         신소희

---

펴낸이            펴낸곳              등록
조성웅            도서출판 유유         제406-2010-000032호 (2010년 4월 2일)

주소
경기도 파주시 책향기로 337, 301-704 (우편번호 10884)

전화              팩스                홈페이지            전자우편
031-957-6869     0303-3444-4645     uupress.co.kr      uupress@gmail.com

페이스북            트위터              인스타그램
www.facebook      www.twitter        www.instagram
.com/uupress      .com/uu_press      .com/uupress

편집              디자인              마케팅
류현영            이기준              송세영

제작              인쇄                제책                물류
제이오            (주)민언프린텍         (주)정문바인텍         책과일터

ISBN  979-11-89683-80-1  03890

이 도서의 국립중앙도서관 출판시도서목록(CIP)은 서지정보유통지원시스템
홈페이지(seoji.nl.go.kr)와 국가자료공동목록시스템(nl.go.kr/kolisnet)에서
이용하실 수 있습니다.(CIP제어번호: CIP2020054057)